Mikaël Thévenot

FLOW

I

Traducido por Isabel Soto

EDELVIVES

Diseño de cubierta: Taï-Marc Le Thanh
Título original: *Flow-Tome 1*

Publicado por primera vez en Francia por Didier Jeunesse en 2016

Impresión:
Edelvives Talleres Gráficos. Certificado ISO 9001
Impreso en Zaragoza, España

ISBN: 978-84-140-1102-7
Depósito legal: Z 414-2018

Para Justine, Nora y Elliot,
los otros tres miembros del equipo

You can't be what you were
so you better start being
just what you are.
You can't be what you were.
Time is now and it's running out.

Bad Mouth, FUGAZI,
Dischord Records (1988)

Poitiers, septiembre de 2011

Cuando Josh abrió los ojos, los demás pasajeros del avión habían desaparecido. Pero ¡si solo se había quedado dormido unos minutos! ¿Qué había sucedido? ¡Todos aquellos asientos vacíos y aquella angustia! Se levantó y miró por la ventanilla. El avión volaba a muy baja altitud, a solo decenas de metros de la superficie del agua. Caminó hasta la puerta de la cabina de pilotaje y la golpeó con fuerza. Nadie respondió. Empezó a aporrearla. Nada. El avión volaba cada vez más rápido. Josh se sentía desfallecer; el pánico hacía que cada uno de sus gestos resultara extenuante. Se dirigió con dificultad hacia la parte trasera del aparato, sujetándose en los reposacabezas de las butacas. Apoyó la cara contra la última ventanilla; la costa se alejaba a una velocidad endiablada. A pesar de la distancia, distinguía claramente la casa en llamas y oía a su madre pedirle auxilio. *¡Josh!* Estaba atrapada en el interior de la casa. *¡Josh!* Empezó a gritar y a golpear las paredes de su jaula volante. A lo lejos, las llamas redoblaron su intensidad. Y el avión seguía aumentando la velocidad. Sintió cómo lo invadía una terrible sensación de impotencia. *¡Josh!* No podía hacer nada. Gritaba, lloraba, aporreaba —*¡Josh!*—, pero sus golpes sin fuerza y sus gritos resultaban inútiles. El avión continuaba con su carrera vertiginosa y la casa pronto no sería más que…

—¡Josh! ¡Josh! —insistió Cosimo, sacudiendo a su hijo un poco más fuerte.

—¿Qué? ¿Qué pasa? —chilló él incorporándose, empapado en sudor.

—Nada, nada. Tranquilo. Tenías una pesadilla... Ya está, todo va bien —repitió su padre sentándose al borde de la cama.

Hacía mucho tiempo que Cosimo ya no le preguntaba a su hijo qué lo ponía en tal estado. La respuesta siempre era la misma: un avión, una casa en llamas. Y Jenny, la madre de Josh, prisionera del fuego.

—¿Qué hora es? —preguntó Josh, inquieto.

—Las dos y cuarto. Toma, bebe un poco —propuso Cosimo tendiéndole a su hijo la pequeña botella de agua colocada sobre la mesa de noche.

Josh vació la mitad de la botella y la devolvió a su lugar. Luego, sin decir palabra, se volvió a acomodar y, con el edredón subido hasta la barbilla, cerró los ojos.

—Venga, vuelve a dormirte, todo va bien —trató de serenarlo su padre por última vez—. Mañana es tu primer día en el instituto y tienes que estar en plena forma.

La respiración de Josh se había vuelto lenta y profunda y, sin darse apenas cuenta, Cosimo se dejó arrullar unos instantes. Esperaba que un día la muerte de su mujer dejase de atormentar las noches del chico...

El padre apagó la lámpara de la mesilla y se levantó para salir de la habitación y regresar a su cama. «¡Ay!», gimió para sus adentros cuando su pie derecho chocó con el mástil de una guitarra. Abandonó el cuarto cojeando y maldiciendo a Josh.

PRIMERA PARTE

El descubrimiento

1

Doce años antes, sábado 17 de abril de 1999
1.37 h, en algún lugar cerca de New Haven, entre Nueva York y Boston

Leonard Cooper contemplaba desde lo alto del barranco cómo se consumía más abajo el coche. El cielo estaba negro, sin estrellas. Llevaba varios minutos sin moverse, con la mirada ausente, abstraído en la belleza hipnótica de las llamas. Hacía frío, pero el calor que desprendía la hoguera le calentaba el rostro. El coche de Jenny pronto sería una carcasa carbonizada. Ahora estaba solo. Ella se había ido…

Cuando volvió en sí, se dirigió hacia su propio vehículo apurando el paso. La noche no había acabado y él se había demorado más de la cuenta.

7.10 h, New Haven

Miss Stafford, la secretaria del Departamento de Ciencias de la Universidad de Yale, siempre comenzaba su jornada repartiendo el correo. Aquella mañana, aunque todavía no había llegado nadie, y mientras paseaba su carrito por los laboratorios y los despachos, un olor a plástico quemado la hizo salir precipitadamente de su estado semiletárgico. Un rayo de luz se filtraba por debajo de la puerta del laboratorio de los profesores Cooper y Gambo.

La mujer se acercó y llamó a la puerta con tres golpes firmes. Nadie respondió. Posó la mano sobre el picaporte y, al advertir que la puerta no estaba cerrada con llave, la empujó ligeramente. La impresión la llevó a retroceder un paso. Se tapó la boca con la mano, como para reprimir un grito. El profesor Cooper estaba tendido en el suelo en medio de un caos indescriptible.

—*Doctor Cooper? Doctor Cooper, can you hear me?*

Ninguna reacción. No llegaba a ver su rostro, pero ni por un segundo se le pasó por la cabeza acercarse a él para comprobar si respiraba. Corrió a su despacho y marcó el 911.

18.15 h, Newton, a las afueras de Boston

—*What is that?* —preguntó Kyle agitando el sobre cerrado que acompañaba su certificado de aptitud.

—Ni idea. Ha llegado hace una hora. Viene de tu oficina de Nueva York.

Kyle Chester, por fin libre, no insistió.

Cada año sucedía lo mismo. Él y otros trece agentes se reunían en la base de Newton para seguir un curso intensivo comparable a los más exigentes entrenamientos de las fuerzas especiales. Detestaba esos cursos. Estaban dirigidos por psicópatas que disfrutaban viéndolos sufrir. Diana al amanecer, marchas interminables con mochilas enormes a la espalda, series de flexiones, cualquier cosa servía para llevarlos al límite. El FBI sabía mantener a sus agentes en forma.

Feliz por encontrarse con su viejo Mustang, lanzó su mochila al asiento trasero y se sentó al volante. Guardó su valioso certificado en la guantera y rasgó el sobre sospechoso que lo acompañaba.

No le sorprendió descubrir la firma que constaba en la primera de las tres páginas que acababa de desdoblar. Era una carta de MacKaye, su jefe. Había pensado en él y le confiaba una pequeña misión antes de concederle permiso para regresar. Nadie como MacKaye para rentabilizar los desplazamientos de sus agentes.

«Algunos tenemos una vida...», maldijo Kyle, al tiempo que colocaba la carta en el asiento del pasajero. Luego recorrió el resto del escrito, que describía los hechos que su jefe le pedía que investigara.

Leonard Cooper, un reputado investigador que enseñaba Neurobiología en la Universidad de Yale, había sido encontrado herido e inconsciente de madrugada en su laboratorio, que había sido vandalizado. Lo habían llevado al Yale-New Haven Hospital. Después, al considerar los médicos que su estado general era estable, fue trasladado a Boston, al Massachusetts General Hospital, que contaba con uno de los mejores servicios de neurología del país.

Kyle suspiró. Se imponía una noche de hotel.

Antes de arrancar el coche, cogió el teléfono. Tenía que avisar a Helen...

2

Delante del Instituto Victor-Hugo se concentraba una marabunta. Unas cuatrocientas personas se abrían paso a codazos ante las rejas. El mes de septiembre acababa de cazar al mes de agosto y, aunque el sol todavía era generoso, comenzaba el nuevo curso escolar.

Para todos los nuevos alumnos de 4.º de ESO, el primer objetivo del día era localizar su nombre en una de las doce listas pegadas en la entrada del instituto. Josh permanecía un poco alejado.

Cuando tenía que describirse, Josh mencionaba sus ojos marrones, casi verdes, y sus cabellos castaño claro, casi rubios. También precisaba que era de estatura media, tirando a alto. Aquella mañana nadaba en una camiseta en la que se podía ver a un hombre perseguido por una mujer en un avanzado estado de descomposición. «¡Ideal para causar buena impresión el primer día!», había comentado su padre.

Seguía esperando que la multitud se dispersara cuando sintió que un soplo le acariciaba la nuca. Por el rabillo del ojo, le dio tiempo a reconocer los largos cabellos negros que acababan de deslizarse discretamente detrás de él.

—¡Hola, Chaïma! —anunció antes de girarse.

—¡Hooolaaaa, Josh! ¡Ya está, hemos llegado al instituto! —celebró la chica, con un brillo intenso en los ojos.

Le entraron ganas de abrazarla, pero se conformó con acercarse para darle un beso. Ella tuvo menos escrúpulos y lo estrechó en sus brazos, aplastando su pecho contra el torso del chico, que al instante sintió cómo lo invadía un calor turbador. Chaïma le estampó un beso en la mejilla y lo liberó de su abrazo. Josh volvió la cabeza hacia la entrada del instituto.

—¿Ya has encontrado tu nombre? —preguntó con fingida desenvoltura.

—Sí. ¿Y sabes qué, señor Gambo? ¡Estamos en la misma clase!

—¿Señor Gambo? ¡Para, parece que estás hablando con mi padre! —refunfuñó Josh, quien, en su interior, soltó un enorme grito de alegría.

Por tercer año consecutivo, su mejor amiga estaba en la misma clase que él. La vuelta a clase, de pronto, le angustiaba mucho menos.

*

Cuando sonó el timbre que anunciaba la última hora del viernes, Josh ya no podía más. Entrar, salir, sentarse, levantarse, abrir su mochila, volver a cerrarla, sacar sus cosas, colocarlas…

—¡Venga, que solo falta una hora! —lanzó Chaïma, que comprendía la confusión de su amigo.

—Querrás decir tres años —corrigió Axel, que parecía aún más contrariado que Josh—. ¡Si todo va bien!

Ni Josh ni Chaïma conocían realmente a aquel chico de pelo largo y entusiasmo desbordante que cerraba la marcha tras ellos, pero como venían del mismo colegio, se habían acercado a él el primer día. Solidaridad de antiguos combatientes, sin duda.

La puerta del aula de la señora Piguel se cerró sobre los treinta y cinco alumnos de 4.º de ESO 8.

*

Ya en casa, Josh dejó su mochila en la entrada y subió directamente al primer piso. Se paró en seco ante la puerta de su habitación, en la que había un papel pegado: «Tienes dos días para ordenar lo que un día se pudo llamar tu cuarto. Pasado este plazo, se activará el plan Última Oportunidad». Josh, un poco inquieto, arrancó la nota de su padre y empujó la puerta. Se abrió paso hasta su ordenador y lo encendió. Luego recorrió la habitación con la mirada.

Lo primero que atrajo su atención fue la imponente pirámide cien por ciento de ropa limpia construida de manera bastante enigmática en las cercanías de un armario medio vacío. A la lista de objetos que no estaban en su sitio se añadieron enseguida una guitarra eléctrica y varios cables, libros, cómics, papeles de todo tipo, viejas carpetas y cuadernos del curso pasado, discos, algunas figuritas de muertos vivientes, una consola portátil y cajas de juegos, pedazos de un coche teledirigido que no había acabado de montar, diferentes piezas de juegos de mesa y un par de zapatillas deportivas. ¡Era difícil adivinar que había moqueta! Josh se desplomó en su cama soltando un largo suspiro. Sabía a qué iba a dedicar buena parte de su fin de semana.

Cuando cesaron los chirridos del disco duro, se levantó y se sentó en su escritorio. Un nombre de usuario y una contraseña más tarde, estaba conectado.

Josh había creado su blog cuando estaba en 2.º de ESO. Su decisión estaba lejos de ser original, pero, al contrario que la mayoría de sus compañeros, había decidido mantenerlo en secreto. Y cuando todo el mundo se pasó a las redes sociales, él se había abstenido para seguir fiel a su blog anónimo.

Cuando escribía, no pretendía mostrarse ante nadie en particular ni hacer amistades. Solo necesitaba escribir. Habría podido escoger otro soporte, pero algo lo incitaba a entregarse así. No le hubiera gustado que uno de sus amigos, o cualquier persona que lo conociera, tropezara con sus pensamientos más profundos o sus sentimientos más íntimos; a esto se debía que nunca mencionara su identidad, aunque, en cierto modo, al confiar sus palabras a la red, sentía que hablaba con el mundo entero y tal vez, de repente, con alguien que lo comprendía en algún lugar, no importaba dónde. Tenía la impresión de que sus pensamientos estaban mejor ocultos en un blog cuya existencia nadie conocía que en un cuaderno que alguien podría encontrar por casualidad.

Su blog era su diario íntimo.

*

Josh seguía delante del ordenador cuando la voz de su padre resonó en la escalera.

—¡Josh! ¡Julia! ¡A la mesa!

Josh, que vivía solo con su padre, ni se había dado cuenta de la presencia de su hermana.

—¿Ya no tienes nada en la nevera? —le preguntó dándole un beso en lo alto de la escalera. Su hermana no se molestó en responder—. Era broma. Me alegro de que estés aquí —añadió enseguida—, tengo muchas cosas que contarte.

—Espero que sea así, porque, como imaginarás, he venido para eso.

Hacía unas semanas que Julia había abandonado el nido. Empezaba el primer año de Medicina y su padre, aunque consciente de que habría resultado más ventajoso, desde el punto de vista financiero, que siguiera viviendo con ellos, la había animado a que se mudara a un estudio en el centro de la ciudad. «Es un paso importante hacia la edad adulta», le había dicho para convencerla.

Julia estaba encantada con su independencia, pero sentía algo de culpa por no estar en casa para su hermano pequeño.

Cosimo, de pie en la cocina, con la espalda ligeramente encorvada, vigilaba con atención el contenido de una olla de hierro que acababa de retirar del fuego. Un delicado aroma a cilantro y tomillo llenaba la estancia.

—¡Nos vamos a chupar los dedos! —anunció, muy orgulloso de sí mismo.

—*Oh man! Don't tell me you did it again!* —exclamó Julia.

—*Did what?*

—¡Oh, no, no empecéis otra vez!

Josh no soportaba que su padre y su hermana hablasen en inglés.

—¡Ya paramos, hermanito! —replicó Julia antes de dirigirse a su padre—. Papá… ¿Otra vez conejo? ¿En serio?

—¿Qué significa «¿Otra vez conejo? ¿En serio?».?

El conejo al vino blanco era su especialidad. Y estaba delicioso. Cosimo no veía el problema.

—Es verdad que te pasas un poco, papá —insistió Josh—. Hay que reconocer que el conejo te sale de maravilla, pero la variedad es importante. Y diría más —continuó, inspirado—: la variedad es la clave de una dieta equilibrada.

Julia reprimió una carcajada.

—Venga, sentaos —les pidió Cosimo tras dirigirles una mirada desdeñosa a sus hijos—. No entendéis nada de alta cocina.

*

La cena resultó alegre y animada. Sus encuentros en torno a la mesa de la cocina eran cada vez menos frecuentes. Josh relató sus tres primeros días de instituto, un asombroso cambio de decorado.

—¿A qué viene esa sonrisita, Josh? —preguntó Julia.

—¿Cómo dices? —contestó él con la boca llena de queso.

—¿Que a qué se debe esa sonrisita?

—Pensaba en Axel y en su camiseta de Metallica con grandes calaveras y serpientes paseando sobre cuchillos...

—No todo el mundo tiene el buen gusto de llevar camisetas de zombis —ironizó Cosimo.

—Prefiero el término «muertos vivientes», si no te importa —corrigió Josh con un tono aleccionador.

—Y Chaïma, ¿cómo está? —preguntó Julia.

—Muy bien.

—Debes de estar contento de volver a verla. Ya hacía mucho tiempo, ¿no?

Julia se emocionaba cuando oía hablar a su hermano de su amiga Chaïma. Josh se daba cuenta y no le gustaba. En cada ocasión mostraba esa mirada tierna que parecía querer decir: «¡Qué dulce, mi hermanito está enamorado!». Josh siempre acababa enfadado... y ruborizándose. ¡Ya no tenía cinco años! Y Chaïma solo era una amiga. Aquella noche, como de costumbre, se enfadó... y se ruborizó.

Cosimo, que estaba habituado, cambió rápidamente de tema. Empezó a describir la página de internet en la que estaba trabajando desde hacía días. No obstante, no prolongó demasiado el asunto. Francamente, sus dos espectadores no parecían entusiasmados, y él tampoco estaba del todo convencido. Después de todo, resultaba difícil convertir una página dedicada a la venta de cabañas de madera en algo apasionante. Especialmente después de la aclaración de que no se trataba de esas cabañas en los árboles con las que sueñan los niños, sino, en realidad, de cabañas para herramientas de las que se colocan al fondo del jardín y en las que se amontonan el cortacésped y otros trastos.

Cosimo se dedicaba a la infografía y a diseñar páginas de internet, y aunque los tiempos no eran especialmente duros para él, no podía permitirse rechazar contratos.

Julia tampoco se eternizó con sus historias. Era mucho más entretenido acosar a Josh con preguntas. Pasaba los días enterrada entre libros de Medicina para preparar su incorporación y aprobar el examen de ingreso. Necesitaba despejarse.

Cosimo se fue al ordenador cuando terminaron de comer, mientras que Josh y Julia siguieron diseccionando el comienzo del curso en la habitación del chico.

—Casi no conozco a nadie —se sorprendió Julia al examinar la lista de los profesores de su hermano—, aparte de a Gandee, el profe de inglés, y a... ¿Josh?

—¿Qué? —respondió él tras unos segundos.

Julia dejó la agenda escolar encima del escritorio. Su hermanito ya había oído hablar bastante del instituto.

—Perdóname por lo de antes. No quería incomodarte hablándote de Chaïma.

—Es una amiga, eso es todo. Bueno, no, eso no es todo... Es mi mejor amiga, ¡lo reconozco! ¿Y tú qué? ¿Te acostumbras a tu nuevo hogar?

Julia asintió lentamente, como si meditara su respuesta.

—Sí. A veces resulta extraño estar sola, pero al mismo tiempo es emocionante... Yo llevo las riendas de todo y nadie tiene nada que decir. A veces es pesado, y otras, maravilloso. ¿Sabes lo que quiero decir?

Josh dejó que su mirada vagabundeara por el dormitorio.

—Creo que sí... Papá se dispone a activar el plan Última Oportunidad.

—No me sorprende —confesó Julia, que había tenido tiempo de advertir la magnitud del desorden.

Ella también había sufrido las consecuencias del plan Última Oportunidad en varias ocasiones: nada de ordenador ni de móvil hasta que la habitación estuviera completamente ordenada. Era duro, pero había que reconocer que resultaba eficaz.

—¿Has tenido migrañas últimamente? —continuó.

—No, no exactamente. Nada grave, en cualquier caso.

—¿Y pesadillas?

—Sí, varias veces esta semana.

—¿El estrés de empezar en el instituto?

—Supongo.

—¿La misma pesadilla con el avión y la casa?

—Sí.

—No te preocupes. Te adaptarás. Los primeros días siempre son los más difíciles.

Continuaron charlando bastante rato.

Aunque sabía que no era cierto, Josh tenía la impresión de que la pesadilla que solía atormentarlo en momentos de estrés formaba parte de él desde siempre. Era como una herida que nunca cicatrizaba. Y solo podía hablar de ello con Julia. Cosimo siempre parecía muy afectado cuando recordaba a Jenny, y a Josh no le gustaba apenarlo.

Julia se alarmó cuando vio la hora. Era casi medianoche. Le dio un largo abrazo a su hermano pequeño antes de bajar a despedirse de su padre, que seguía empeñado en escribir líneas de códigos extraños en su ordenador.

Josh no tardó en meterse en la cama. Se acurrucó bajo el edredón con un cómic antiguo. Se quedó dormido tres páginas y algunas viñetas después.

3

Cuando la radio se puso en marcha, Josh llevaba ya más de cuarenta minutos despierto en la cama, pensando. Qué lejos quedaban las largas mañanas de julio y agosto sin preocupaciones entre las sábanas... Tras abrir las persianas a un cielo gris, se sentó en el escritorio para mirar la foto de su madre.

De todas las que sus abuelos maternos le habían dado, era su preferida. Había sido tomada un día de primavera en Central Park. Jenny sonreía, con su hijo de tres años encaramado sobre sus hombros. A Josh le encantaba la alegría despreocupada que se desprendía de los rostros de ambos en aquella foto. No podía evitar sonreír cada vez que la miraba.

*

Todavía no había demasiada gente en las inmediaciones del instituto. Axel encendió un cigarrillo y se apoyó en la pared. Con la cabeza hundida en el fondo de la capucha de su chaqueta y los auriculares bien encajados en las orejas, dejó que sus ojos se cerrasen poco a poco. La noche había sido demasiado corta.

Cuando, a través de sus párpados cerrados, sintió que una presencia se adentraba en su perímetro de seguridad, entreabrió un ojo. Había tres tíos grandullones plantados delante de él. La expresión «rostro patibulario» debía de haberse inventado expresamente para ellos, se dijo al descubrir las tres antipáticas caras que lo observaban.

—¿De qué te ríes?

—¿Qué? —preguntó Axel quitándose los auriculares.

—¿Te hago reír? —insistió el más corpulento de los tres, que demostraba tener un umbral de paciencia muy bajo.

—No —respondió Axel, que no era consciente de haber estado sonriendo. Recompuso su rostro; aquellos tres tipos no parecían tener un sentido del humor demasiado desarrollado.

—¿Tienes tabaco?

Así que era eso. Axel se quitó la capucha y, sin pensar, sacó su cajetilla del bolsillo. La abrió e invitó a su agradable interlocutor. Este no se limitó a coger el cigarrillo que sobresalía, sino que se apoderó del paquete entero.

—¡Toma! No soy tan cabrón, te dejo uno —anunció con arrogancia.

—¿Estás de coña? ¡Devuélveme el tabaco! —protestó Axel recogiendo el cigarro que acababa de lanzarle.

Los tres matones dieron un paso adelante. Axel se encontró acorralado contra la pared. Al parecer, tenían perfeccionada su táctica intimidatoria.

—¿Cómo dices? No te he entendido bien.

Axel bajó la mirada. Pensándolo mejor, no le apetecía pelearse por un paquete de cigarrillos. De todos modos, ¿qué podía hacer? Estaba solo contra tres. Y eran mucho más grandes que él, incluso el más pequeño de la siniestra terna.

—Eso es, asqueroso. ¡Devuélvele el tabaco!

Todos se giraron hacia Josh.

—¿Y tú qué quieres? —preguntó el ladrón de cigarrillos.

—*Shut your mouth and give my friend his cigarettes back!*

—¿Quién te crees que eres? ¿Vas de Scarface o qué?

… *¿quién es este payaso que se cree tan listo porque habla inglés?…*

Una punzada de dolor atravesó la cabeza de Josh y se vio obligado a retroceder unos pasos. El ladrón de cigarrillos se volvió de nuevo hacia Axel.

—Para que quede claro: has perdido un paquete de tabaco. Y si alguien rechista, le romperemos la cara. *Understando?*

Axel sostuvo la mirada de su agresor sin decir nada. Los matones encendieron sus cigarrillos y se alejaron.

—¿Estás bien, Josh? —preguntó Axel.

—Sí, sí, estoy bien —contestó el chico, que se preguntaba qué acababa de pasarle. Nunca había sentido un dolor tan intenso.

Axel encendió el cigarro que le quedaba y se lo tendió a Josh que, aunque no fumaba, aceptó darle unas caladas. Lo lamentó de inmediato.

—¿Cómo se te ha ocurrido hablarles en inglés? Ya sé que has vivido en Estados Unidos y eso, pero aun así...

—No lo sé. Suele pasarme cuando me enfado... —Josh parecía cada vez más confuso—. Es extraño... En realidad, no sé por qué, pero me sale así cuando estoy furioso. Salvo con mi padre o con mi hermana —continuó, aunque más para sí mismo que para Axel—. Me sale solo. Es ridículo, ¿no?

—¡Claro que no! Quizá se deba a que tu madre era norteamericana...

Axel se arrepintió inmediatamente de sus palabras.

—Perdón, no quería...

—No pasa nada, no te preocupes. Puede que tengas razón... —lo tranquilizó Josh carraspeando.

—En cualquier caso, naciste en Nueva York y eso es mucho nivel.

Ya no quedaba gente delante del instituto. Axel consultó la pantalla de su teléfono.

—¡Venga, Scarface, que se nos ha hecho tarde!

Aplastó su cigarrillo y corrieron a clase de Matemáticas.

*

Josh y Axel intentaron pasar desapercibidos al entrar en clase. Se disculparon y fueron a sentarse al fondo detrás de Nino y Mila, la pareja de la clase, que siempre se sentaban en el mismo sitio y a los que Axel llamaba Ken y Barbie.

Cuando Josh pasó al lado de Chaïma, sintió que su mirada se posaba sobre él. Lo había visto fumar y constataba que no le había sentado bien. Estaba pálido y parecía no haber dormido en tres días.

—No es lo que piensas. Ya te explicaré —le susurró antes de sentarse, con el corazón saliéndosele por la boca.

Chaïma lo miró de arriba abajo, desconcertada. ¿Había pensado en alto, una vez más? Con Josh, solía tener esa sensación.

Transcurridos tres minutos de lucha ardua con su ordenador, que no había querido convertir dos ausencias en retrasos al primer intento, la señora Piguel retomó el hilo de su exposición y comunicó a sus alumnos las fechas de los tres exámenes comunes que deberían pasar durante aquel curso.

Continuaron con la clase propiamente dicha: las funciones. Aquel lunes por la mañana empezarían a identificar variables.

—¡Genial! —suspiró Axel—. Las clases de Mates —continuó murmurando— se parecen a las vacunas: son mejores después, cuando sabes que tienes un respiro antes de la próxima inyección de refuerzo.

Con el estómago todavía revuelto, Josh no pudo evitar sonreír.

*

Al salir del instituto después de la última clase, Axel no se quedó, y Josh le propuso a Chaïma acompañarla un trecho del camino; ella aceptó encantada. Se dirigieron tranquilamente hacia la Place d'Armes y continuaron con la discusión que habían mantenido en el recreo de las diez.

—Habría que denunciar a esos tres —sostuvo Chaïma, que sentía cómo la ira la invadía de nuevo—. ¡Lo que hacen se llama extorsión! ¡Ni más ni menos!

—Puede que tengas razón —concedió Josh.

Denunciarlos, sí, seguro que se lo merecían, pero no era tan sencillo. ¿Qué ocurriría cuando se enteraran de que Axel los había delatado?

—En todo caso —continuó Chaïma con una sonrisa—, habría que impedir que lo vuelvan a intentar. Hay que pensar en los demás. No todo el mundo tiene la suerte de contar con un superhéroe como guardaespaldas...

—Ya vale, para con eso —protestó Josh, incómodo—. Además, mi intervención no ha evitado que se lleven el tabaco de Axel. Iron Man lo habría recuperado. Y, de propina, habría aplastado a esos tres cretinos —añadió, tratando de reproducir la escena con las manos.

—Sí, y les habría echado un buen sermón...

—¡Te confundes con el Capitán América!

—Ah, ¿sí? —dudó Chaïma—. Supongo... ¡Tú eres el especialista! Lo que quiero decir es que no te has rendido; incluso has llegado a sentir náuseas por solidaridad con tu colega. Lo que has hecho es heroico, el auténtico sentido del sacrificio...

—¡Muy graciosa! —refunfuñó Josh—. En cualquier caso, lo que es seguro es que nunca más se me ocurrirá tocar un pitillo. ¡Con sentido del sacrificio o sin él!

Josh dejó que Chaïma se metiera un poco más con él antes de irse. Podría quedarse horas en ese juego, pero su padre acabaría preguntándose qué se traía entre manos.

4

Domingo 18 de abril de 1999, Boston

Kyle Chester, mal afeitado, como de costumbre, se presentó en la recepción del hospital con su chaqueta negra arrugada y su identificación de agente federal bien a la vista. Lo condujeron de inmediato al despacho de la doctora Lisa Jones.

La doctora Jones, una mujer joven que no tenía tiempo que perder, comenzó por explicarle el protocolo médico por el cual había pasado Leonard Cooper. El informe, aunque sucinto, fue muy detallado. Para empezar, expuso las primeras conclusiones a las que habían llegado ella y su equipo.

—*It seems that Mister Cooper's brain has been exposed to intense electrical shocks.*

El profesor Cooper había intentado hablar, pero de manera ininteligible. Tenía marcas de quemaduras a la altura de las sienes. La forma de esas quemaduras incitaba a la doctora Jones a pensar que se habían utilizado electrodos para someterlo a una o varias descargas eléctricas. En cualquier caso, su cerebro —la doctora Jones se mostraba categórica— había sido sometido a una corriente eléctrica de gran intensidad. El escáner demostraba una cantidad anormal de lesiones. Los médicos necesitarían tiempo para realizar una evaluación exhaustiva de las zonas dañadas, pero era posible afirmar que el hipocampo estaba particularmente afectado, así como el haz arqueado de fibras nerviosas que une las áreas de Broca y de Wernicke, dos regiones del cerebro que posibilitan la comprensión y la articulación del lenguaje.

El hipocampo es una parte del cerebro que funciona como un procesador encargado de coordinar la actividad de las neuronas en las que se almacenan los recuerdos. Un recuerdo se compone de multitud de sensaciones que se han experimentado al mismo tiempo en un instante preciso. Estas sensaciones están codificadas en otras tantas neuronas. Cuando el hipocampo no funciona correctamente, las diferentes sensaciones que se asocian con un acontecimiento no se relacionan unas con otras, sino que permanecen aisladas. Si esto sucede, los recuerdos se vuelven parciales... Inexistentes.

—*I'm sorry but I have to go now* —concluyó Lisa Jones levantándose.

Kyle cerró el cuaderno en el que había tomado notas y se despidió de la joven, que le había causado una gran impresión.

*

Leonard Cooper estaba dormido cuando Kyle entró a su habitación. Parecía cansado y estaba pálido. Lo observó unos instantes y, ante su rostro magullado, le dio vueltas a la escasa información de la que disponía.

El profesor Cooper había recibido un trato bastante particular. ¿Un interrogatorio con torturas? En todo caso, aunque seguía vivo, sería muy difícil comunicarse con él. Kyle depositó su tarjeta de visita en la mesilla y salió.

Al abandonar el hospital, llamó a sus colegas del laboratorio y les pidió que dedicaran una atención especial a todos los electrodos encontrados.

5

Lunes 19 de abril de 1999, New Haven, entre Boston y Nueva York

Kyle conocía a la perfección el tramo de la Interestatal 95 que atravesaba Connecticut. Estaba particularmente contento de tomarlo ese día en dirección sur. Sin embargo, le quedaba algo que hacer antes de llegar a Manhattan: echar un vistazo en el Departamento de Ciencias de la Universidad de Yale.

Al salir del coche, escuchó los mensajes de su contestador. Tenía una llamada del laboratorio: habían hallado restos de ADN del profesor en dos electrodos.

*

El vestíbulo del Departamento de Ciencias estaba desierto. Tras las presentaciones habituales, la señorita Stafford condujo a Kyle hasta el laboratorio del profesor Cooper. El servicio científico del FBI se había encargado de la limpieza, pero aun así él registró rápidamente el lugar, por si acaso. Luego se dirigió a la secretaria de la recepción y pidió consultar la agenda del profesor. En ella figuraban los nombres de varios colegas. Un nombre se repetía sin parar. Kyle sacó su cuaderno de notas. Jenny Gambo. Una de las principales colegas de Leonard Cooper.

—*Is Dr. Gambo working this morning?*

—*Yes, she is, but I haven't seen her yet.*

¿Por qué no había llegado aún? De todos modos, tenía que interrogarla.

Minutos más tarde, Kyle le dio las gracias a la secretaria y fue a sentarse en un banco para hacer unas llamadas.

No necesitó más de veinte minutos para enterarse de que el marido de Jenny Gambo, Cosimo, había denunciado su desaparición a primera hora de la tarde del sábado 17 de abril, es decir, dos días antes.

Kyle también se enteró de que unos diez días atrás el matrimonio Gambo y sus dos hijos habían decidido mudarse a casa de los padres de Jenny, en Boston.

Recientemente, habían sufrido un robo en su apartamento de Nueva York, que había quedado parcialmente destruido por un incendio.

*

A primera hora de la tarde, Kyle llamó a su superior para informar. Antes incluso de que el jefe de división descolgara, sabía que le iba a pedir que volviera de inmediato a Boston para interrogar al marido de Jenny Gambo. No se equivocó.

Hacía dos semanas que estaba fuera de casa y tendría otra misión. Y ni siquiera sabía por cuánto tiempo. Como era de esperar, Helen, su novia, acogería la noticia reprochándole una vez más que solo pensaba en su trabajo.

¡Como si tuviera elección!

Antes de dejar New Haven, Kyle interrogó a algunos miembros del personal.

El director de la facultad le contó que Leonard Cooper era viudo. Su esposa, Eleanore, había muerto años antes de manera prematura y fulminante a causa de la enfermedad de Alzheimer.

Los Cooper eran una pareja simpática y muy sociable. Pero tras la muerte de Eleanore, Leonard había cortado todos los lazos con el resto del mundo y se había encerrado en su laboratorio para dedicarse a sus investigaciones, con la obsesión de vencer la enfermedad que le había arrebatado a su esposa. Parecía trabajar en especial en las pérdidas de memoria.

Aparentemente ahora nadie podía comunicarse con él. Nadie aparte de Jenny Gambo.

6

El teléfono móvil de Josh sonó discretamente cuando avanzaba por el puente de Rochereuil. Chaïma le proponía ir a ver una película esa tarde. Tenía que pedirle permiso a su padre, aunque no solía haber problema. Se lo confirmaría en cuanto volviera a casa. Josh envió el mensaje y guardó el teléfono en el bolsillo de su pantalón sin prestar atención al obstáculo que se aproximaba. El choque fue tan violento que casi se cae al suelo.

—Perdón —farfulló—, no le había visto.

El Caminante murmuró algo y retomó su camino. Josh sintió miedo. El puente estaba desierto y oscuro. Vio alejarse al Caminante y apuró el paso.

«El Caminante», como él lo había bautizado, era un hombre de unos sesenta años, tal vez más; resultaba difícil saberlo. Era alto y delgado, con barba escasa y cabello desgreñado. Tanto en invierno como en verano, llevaba un abrigo largo que debía de tener su misma edad. Hacía tanto tiempo que deambulaba por la ciudad que la gente ya no le prestaba atención. Era parte del decorado.

Todo hacía pensar que vivía en la calle, aunque Josh nunca lo había visto dormir debajo de un cartón en un callejón o en una esquina de la plaza del mercado, como el resto de los mendigos. Podía esfumarse varias semanas, pero siempre acababa apareciendo. A Josh siempre le había inquietado ese hombre que caminaba con la mirada perdida en el vacío y murmuraba frases incomprensibles.

Poco después de su llegada a Poitiers, le había preguntado a su padre quién era aquel ser extraño. Cosimo le había contestado que era un hombre al que le gustaba caminar.

—Quizá ha olvidado dónde está su casa —se había imaginado Josh con sus seis años escasos.

—Quizá —había contestado sonriendo su padre.

*

—¿Estás bien, Josh?

—Ajá, sí —gruñó él, aliviado de estar por fin en casa.

—Cenamos dentro de cinco minutos. ¿Has estado con Axel esta tarde?

—Ajá.

—Podrías decir «sí» de vez en cuando, es un sinónimo, ¿sabes? Por variar. ¿Y qué? ¿Estáis listos para la prueba común?

—Yo creo que sí, pero Axel no tanto... Chaïma me ha propuesto ir al cine. ¿Puedo ir? —preguntó Josh sacando el móvil del bolsillo.

—¿Esta noche?

—Sí. Mañana no tenemos clase.

—Pero vuelve antes de las doce —pidió Cosimo, que no pudo evitar pensar en lo que diría Julia cuando se enterara de que su hermanito tenía una cita romántica con su «mejor amiga»—. ¿Te apetece pizza con ensalada?

—Ajá..., digo, sí. Pizza está bien —aprobó vagamente Josh, tecleando en la pantalla de su teléfono.

—Me encanta cuando me hablas sin despegar la mirada del teléfono —añadió Cosimo justo antes de caer en la cuenta de que su hijo ya no estaba en la estancia.

*

Josh pasó parte de la cena hablando de los ejercicios de matemáticas de la tarde. Su padre escuchaba con atención. Siempre le habían gustado las matemáticas.

—¿Josh? ¿Sigues aquí? —le preguntó al ver que la atención de su hijo se dispersaba.

—Estaba pensando en el Caminante; me lo he cruzado antes. He chocado con él. Ese tío está chiflado…

—No digas eso, Josh. Ese «tío», como lo llamas, tiene al menos…, es complicado saberlo, pero lo cierto es que podrías mostrar un poco más de respeto y de sensibilidad cuando hables de él. Además, tal vez esté «chiflado», como tú dices, aunque, ¿sabes?, nada sucede por azar. Ese hombre tiene una historia. No sé más que tú, pero piensa que cualquier persona podría estar en su pellejo. ¿O te crees que nació diciéndose: «Cuando sea mayor, caminaré sin parar por las calles de Poitiers, sin mirar a nadie a los ojos y farfullando cosas incomprensibles»? Sabes que…

Cosimo paró de hablar de repente; su rostro mostraba una expresión nueva para su hijo. Estaba en otra parte.

—Cuando murió tu madre —continuó—, yo también habría podido cambiar por completo. Si tu hermana y tú no hubierais existido…

Josh estaba atónito. Era la primera vez que su padre se confiaba a él de aquel modo.

—Enseguida me puse a buscar trabajo. Me pasé días enteros haciendo listas de las agencias de París, enviando correos electrónicos, manteniendo entrevistas telefónicas. Aparte de tener que buscar casa. Les debo mucho a tus abuelos, que se ocuparon de los funerales y del papeleo. Yo pasaba el tiempo con vosotros y, tan pronto como os metía en la cama, cualquier cosa me valía para no estar a solas con mis pensamientos. ¿Sabes? Cuando pienso en ello, me digo que de no ser por vosotros…, no sé…

Cosimo no fue capaz de terminar su frase. Se levantó, recogió el queso y cambió de tema.

Al acabar la cena, Josh se dirigió a la escalera para subir a su habitación. Se detuvo en el primer escalón y se giró.

—Gracias, papá. Gracias por haber hablado conmigo.

Cosimo miró a su hijo pequeño, ahora tan mayor.

—Perdóname por no hacerlo más a menudo.

—No te preocupes… Gracias.

Se miraron todavía unos segundos, como para sellar un acuerdo. Habían abierto una nueva puerta y ambos estaban tan sorprendidos como emocionados.

Un poco más tarde, mientras subía por la Rue de la Chaîne, de camino a su cita con Chaïma, Josh sintió ganas de llamar a su hermana para contarle la conversación que había mantenido con Cosimo. Luego se dijo que le apetecía guardársela para él un poco más. Era algo entre los dos, y eso le gustaba. Luego pensó en el Caminante.

¿Qué caminos le habría hecho recorrer la vida?

*

Aquella noche, Cosimo dejó que el pasado lo volviera a atrapar. A veces se lo permitía. Las palabras que había intercambiado con Josh habían reavivado muchos recuerdos. La muerte de su mujer. El anuncio a sus hijos. La inocencia de la infancia, que había huido de la mirada de su hijita de siete años sin que él pudiera hacer nada para evitarlo. Su decisión de regresar a Francia…

Como solía hacer en esos casos, se instaló en el salón y sacó sus cajas de discos de vinilo. Se sirvió una copa de whisky y empezó a revisar las portadas de sus álbumes, preguntándose con qué le apetecía empezar la banda sonora de su velada.

El sonido de las guitarras saturadas de Fugazi inundaba el salón cuando se abrió la puerta de casa. Bajó el volumen con el mando y giró su entumecido cuerpo.

—¿Ya de vuelta? —lanzó.

—Me he marchado antes de que acabara. Me duele mucho la cabeza —respondió Josh dirigiéndose a la escalera.

La puerta de la habitación se cerró antes de que a Cosimo le diera tiempo a comentar nada. Sabía que no podía hacer nada para aliviar a su hijo. Cambió la cara del disco y dejó que el tema *Sweet and Low* lo encarrilara de nuevo a su viaje a través del tiempo. Volvió a pensar en la noche en la que Josh tuvo por primera vez su pesadilla.

Vivían en París. Hacía un año que habían dejado Nueva York. El apartamento que Cosimo había conseguido era muy agradable. Josh y Julia disponían de sus propios cuartos y la cocina era lo bastante grande como para tener un pequeño comedor en ella. El barrio era tranquilo y los colegios quedaban cerca.

Una noche escuchó sollozos. Corrió a la habitación de Josh al reconocer su voz. Abrió la puerta, encendió la luz y descubrió a su hijo pequeño empapado en sudor. Necesitó casi cinco minutos para hacerlo salir de su estado de delirio. Sería la primera de una larga serie de noches agitadas.

Cosimo, que trabajaba mucho y recogía cada tarde a Julia y a Josh al cerrar el colegio, empezó a preguntarse si París era la ciudad que necesitaban para recuperarse. Entonces pensó en Poitiers.

Era la ciudad donde había estudiado y donde aún tenía muchos amigos. Allí había descubierto la independencia y se había convertido en adulto. Le había encantado aquella etapa de su vida. Cosimo pertenecía a ese grupo de gente que mira la infancia sin nostalgia alguna.

Cuando llevó a Josh y a Julia un fin de semana para que conocieran Poitiers, enseguida supo que no se equivocaba.

Qué placer volver a subir por la Grand'Rue hasta llegar a la plaza del mercado. El Relax Bar seguía en el sitio de siempre. En la biblioteca, donde él había pasado horas estudiando, los niños se habían sentado en unos cojines y pasaron una hora hojeando los libros de la sección infantil, que se había ampliado considerablemente.

Regresar a Poitiers no suponía una vuelta atrás, sino una nueva etapa de su vida en una ciudad que conocía bien y en la que se sentía a gusto. Estaba seguro de que sus hijos serían felices allí.

7

Los alumnos de 4.º de ESO estaban reunidos en la inmensa sala de examen del instituto. Se distribuyeron las preguntas y se instaló un silencio de muerte. Acababa de empezar la primera prueba común de Matemáticas.

... tal vez dejar esto para el final...

Josh giró la cabeza hacia la derecha.

... tal vez debería haberle dedicado más tiempo...

La voz, ligeramente más grave y también menos fuerte, ahora parecía proceder de la izquierda.

... ¡mierda! Me van a matar... no entiendo ni una palabra, me voy a coger un pedo... ¡Genial! Bien, si se atribuye a la variable x *un valor comprendido entre...*

Josh volvió la cabeza, primero hacia la derecha, luego hacia la izquierda y otra vez a la derecha.

... acabaré enseguida, está chupado. Qué locura, cuatro horas; me sobra con veinte minutos...

Un vigilante se había levantado y parecía dirigirse hacia él. Cada vez estaba más cerca. Sí, seguro que venía a verlo. Se detuvo delante de su mesa y revisó la etiqueta que tenía pegada.

—Señor Gambo, ¿está seguro de que todo va bien? ¿Necesita que le ayude en algo? —preguntó en voz baja.

Josh se dio cuenta de que su actitud debía de resultar sospechosa. El tono que el vigilante había empleado no dejaba lugar a dudas. Axel, casi al fondo de la sala, observaba la escena con perplejidad.

—Eh..., no, no, todo va bien. Es solo que...

En aquel momento, Josh sintió un dolor muy intenso.

—¡¡¡Joder!!!! —gritó, escondiendo la cara entre las manos.

—¿Disculpe?

—¡Perdóneme! Creo que tengo un principio de migraña. Pero se me va a pasar, seguro.

—¿Qué le ocurre que no para de moverse tanto en todas direcciones? Se diría que...

El vigilante no sabía si debía echarle la bronca o tomarse en serio el cuento de su migraña. No parecía estar haciendo teatro. A no ser que fuera un auténtico portento.

—Bien, esto es lo que vamos a hacer. Trate de seguir trabajando, esta vez manteniendo la mirada sobre su hoja, y si eso no funciona, acérquese a nosotros. La enfermería está cerrada, pero podemos llamar a sus padres y, si pueden, vendrán a buscarlo.

—De acuerdo.

El vigilante dio media vuelta y regresó a su puesto mientras Josh intentaba concentrarse en las preguntas del examen que tenía delante. No obstante, su dolor de cabeza no parecía calmarse. Pasados solamente unos minutos, las voces que había oído se reanudaron con más fuerza.

... la curva debería alcanzar... está aterrorizado... ¿qué le pasa a ese?... si x = 2, *entonces... esa chica es guapísima... vale, entonces* y *no es igual a... está alucinando...*

Josh se volvió y cruzó su mirada con la del alumno sentado detrás, a su izquierda. Estaba seguro de que acababa de hablar de él. Ya no podía más. Tenía la sensación de que su cabeza entraba en ebullición y estaba a punto de explotar. Decidió levantarse, pero, por lo que parecía, sus piernas no habían captado su intención. Probó de nuevo y, pese a la falta de apoyo de sus miembros inferiores, caminó tambaleándose hacia la mesa del centro, donde se encontraban dos profesores. La señora Piguel corrió hacia él y se apresuró a agarrarlo por si llegaba a caerse.

—¿Estás bien, Josh? Es una migraña, ¿verdad?

—Tiene que llamar a mi padre. Tengo que irme.

La señora Piguel, la tutora de su clase, a quien Cosimo se lo había explicado todo al empezar el curso, condujo a Josh a un pasillo y lo ayudó a sentarse en el suelo. Le pidió el número de teléfono de su padre. Sin decir una palabra, el chico cogió su móvil, buscó a su padre en los contactos y presionó el botón de llamada. Le tendió el teléfono a la mujer.

Josh ya no podía hablar. Cada palabra le causaría un dolor insoportable. Nunca había estado tan mal. No entendía lo que le pasaba. Pensó en su madre, de la que había heredado esos adorables episodios de migraña; después, el dolor lo obligó a pensar en otra cosa. En lo que fuera. En nada.

Le dolía. La oscuridad. El silencio. Necesitaba su habitación. La oscuridad. El silencio.

Al llegar, Cosimo intercambió unas palabras con la señora Piguel, que necesitaba que alguien la tranquilizase; luego agarró a Josh del brazo con suavidad para hacerle comprender que estaba allí e indicarle que se iban.

El tiempo y la experiencia habían instaurado reglas de comunicación específicas para ese tipo de situación entre Josh y su padre. Cosimo sabía exactamente lo que necesitaba el chico, y él, por su parte, sabía que su padre dominaba el protocolo perfectamente. No se dirigieron la palabra. Josh se dejaba guiar. La misión de Cosimo consistía en llevarlo lo más rápido y silenciosamente posible a casa.

Una vez en la habitación, Josh se tumbó en la cama, y Cosimo, tras bajar las persianas, salió sin hacer ruido, cerrando la puerta tras de sí.

La oscuridad. El silencio.

8

Martes 20 de abril de 1999, Boston

Kyle bajó al bar del hotel para desayunar y planificar su jornada de trabajo, que empezaría con una visita al hospital.

Acababa de beberse el café cuando su móvil comenzó a vibrar.

—*Agent Chester speaking...*

—Buenos días, señor Chester. Soy Cosimo Gambo. Acabo de escuchar el mensaje que me dejó ayer... Siento no haberle llamado antes... Estoy un poco...

—No se disculpe, señor Gambo. Soy consciente de que la desaparición de su esposa no debe de ser fácil de afrontar.

—Me ha parecido entender que es usted agente del FBI... Por el momento, solo he tratado con la policía de Nueva York. ¿Qué ocurre?

Kyle cayó en la cuenta de que los acontecimientos que habían conducido a Leonard Cooper al hospital de Boston no se habían hecho públicos, así que Cosimo Gambo ignoraba lo que le había sucedido al profesor y a su laboratorio.

—No ocurre nada especial, tranquilícese. El FBI solo está echando una mano...

Cosimo no preguntó nada más. Tenía otras preocupaciones. Su mujer había desaparecido, la policía de Nueva York y el FBI podían trabajar juntos si así lo deseaban. Lo único que importaba era que Julia y Josh se reencontrasen con su mamá sana y salva cuanto antes. Cosimo aceptó quedar con el agente Chester a primera hora de la tarde.

*

Kyle entró en la habitación del profesor y este estaba sentado en la cama, con los ojos abiertos, la mirada completamente ausente. Aquello pintaba mal. Kyle se presentó y le hizo algunas preguntas. Leonard Cooper estaba despierto del todo, pero nada parecía hacerle reaccionar. Al cabo de unos minutos, entró una enfermera.

Le explicó a Kyle que, aunque el profesor todavía no había sido capaz de articular ni una sola palabra, su estado general mejoraba. Recuperaba fuerzas. Kyle preguntó si sería posible entrevistarse con Lisa Jones, pero la enfermera le respondió que la doctora Jones estaba descansando. Acababa de terminar una operación de hora y media y tenía otra programada para la tarde. Kyle, decepcionado, dejó que continuara con su trabajo tranquilamente.

Cuando la enfermera abandonó la habitación, Kyle se sentó en la cama, al lado del profesor, e intentó provocar alguna reacción.

—¿Qué ha ocurrido, profesor? Estoy aquí para ayudarle. Estoy seguro de que podría darme algo. Un nombre. Solo una palabra.

El rostro de Leonard Cooper permaneció impasible.

—Jenny Gambo ha desaparecido. ¿Tiene alguna idea de lo que le ha sucedido? ¿A dónde ha ido?

Ninguna reacción. Kyle bajó la cabeza y se masajeó las sienes, suspirando. Era inútil.

—Mi tarjeta está en su mesilla —declaró finalmente, levantándose.

No había que desesperar.

9

El hambre arrancó a Josh de su sueño en mitad de la noche. Se sentó y encendió la lámpara. Cogió el vaso de agua colocado en la mesilla y vio que también había un sándwich y una chocolatina.

Tras volver a casa, se había quedado dormido de inmediato y su padre había preferido no despertarlo para la cena. Él siempre pensaba en todo. También le había dejado una nota para recordarle que tenía que ir a París y que se marcharía por la mañana muy temprano. Estaría de vuelta por la noche. Julia pasaría la mañana con él.

Josh hizo desaparecer el sándwich y la chocolatina mientras respondía a Chaïma y a Axel, que le habían enviado mensajes para interesarse por él. Luego encendió el ordenador y se propuso plasmar en su blog lo que le había pasado.

Como siempre, empezó buscando un título. Al cabo de unos segundos, tecleó una frase: «La mayor migraña de mi vida».

Empezó el artículo propiamente dicho y sus manos intentaron seguir el hilo de su relato. «Hoy he oído voces en mi cabeza...».

*

Julia, concentrada en los apuntes de biología celular desparramados sobre la mesa del salón, levantó la cabeza al sentir que su hermano bajaba la escalera.

—¡Hola, hermanito! ¿Cómo te sientes?

—Estoy mejor. Tengo muchísima hambre.

—He comprado cruasanes. Están en la cocina. Acabo una cosa y voy.

Josh se dirigió a la cocina. Cruasanes, eso era precisamente lo que le hacía falta. Cuando su hermana llegó, se había zampado tres.

—¡Venga, cuenta! ¿Qué te pasó?

—Bah, una migraña. Una muy fuerte.

—Pareces hecho polvo.

—Sí, pero ya estoy mucho mejor.

Julia dejó que Josh se zampase el cuarto cruasán.

—¿Y el examen de Mates? ¿Pudiste hacer algo?

—Ni siquiera me acuerdo, pero no creo. Gracias, mamá…

—¿Qué quieres decir con eso?

—¡Nada!

Josh estaba enfadado. Julia no estaba segura de haber captado bien el sentido del reproche de su hermano.

—¿Lo de «gracias, mamá» tiene algo que ver conmigo?

—No… —Pasaron unos segundos antes de que continuara—. A veces siento que lo único que me queda de mamá son estas malditas migrañas.

—Para de decir esas cosas… ¿Qué te pasa?

—Algo de razón tengo, ¿no crees? Tú tienes recuerdos. Yo no me acuerdo de nada. Algunas cosas me vienen de pronto, pero creo que proceden de fotografías… En todo caso, no tengo la impresión de haberla conocido. ¡No como tú!

Josh suspiró. Sabía que era injusto tomarla con su hermana.

Julia, por su parte, no encontraba palabras para reconfortarlo. Ella también se sentía triste. Más a menudo de lo que él se imaginaba. Pero en cierto modo sabía que su hermano tenía razón.

Fue Josh quien rompió el silencio que se había instalado entre los dos.

—¿Sabes? Me da un poco de vergüenza decírtelo, pero estoy un poco celoso de ti por eso.

—¿Por no tener migrañas?

—No por eso..., sino porque tú tuviste la fortuna de conocer mucho más a mamá que yo. Cada vez que empiezas a hablar en inglés con papá, me recuerda que experimentaste aquella vida lejana. Estados Unidos, Nueva York, nuestra madre...

Julia pasó su brazo, con ternura, por los hombros de su hermano pequeño.

—Pero tú también experimentaste aquella vida. No tienes un recuerdo claro porque eras muy niño... En todo caso, te aseguro que el día que hiciste trizas mi abecedario, tú estabas allí. ¡Y mamá te castigó!

Josh no recordaba el episodio, pero no era la primera vez que ambos lo evocaban. Le gustaba cuando su hermana le hablaba de su madre.

—¿Sabes? La otra noche, papá me habló de cómo se sintió cuando mamá murió.

Julia abrió los ojos como platos, separándose un poco, como para observar mejor a su hermano. Ella, desde luego, nunca había conseguido arrancarle una palabra sobre ese tema a su padre.

—¡Venga, cuenta!

—Me dijo que fue muy duro. Y que podría haberse vuelto loco... como ese hombre que camina por las calles. ¿Sabes a quién me refiero?

—¿Al Caminante?

—Sí. De hecho, empezamos por eso. Me confesó que, si tú y yo no hubiéramos existido, él también habría podido caer en la locura.

—¿Y qué más?

—Eso fue todo. No hablamos mucho más. Me resultó raro oír a papá hablar del tema. Fue como si se transformara en otro durante unos instantes. Aluciné.

Julia no salía de su asombro.

—¿Queda con sus amigos de vez en cuando? —preguntó pasado un momento.

—Sí, sí. Lo hace. El lunes por la noche salió a tomar una copa con Arnaud, Vincent y Fred.

Julia parecía abstraída.

—Está bien que vea gente. A veces, me preocupa... No debe de ser fácil para él vivir solo con un adolescente que se ducha cada tercer día y que siempre consigue llenarlo todo de migas cuando está en la mesa...

—¡Eres tú la que visita la ducha solo por error! —protestó Josh, quien, algo alicaído, no encontró un argumento más agudo.

Se levantó y dejó en el lavavajillas el tazón en el que había tomado su chocolate caliente. Echó una ojeada al suelo y constató que, en efecto, lo había llenado todo de migas. Volvió a sentarse como si nada y dejó que la discusión retomara su curso.

Para los dos era agradable estar juntos.

*

Josh subió a acostarse cuando su hermana se fue. El sonido del móvil lo despertó dos horas más tarde. Chaïma acababa de volver del instituto. Josh la tranquilizó, lo que había sucedido era más alarmante que otra cosa. No había que darle importancia.

Al verbalizarlo, Josh se dio cuenta de que sí tenía importancia. Había creído oír voces. Lo más sorprendente era que lo que había sentido tenía algo de familiar. No le mencionó nada de esto a Chaïma. ¿Qué pensaría de él si lo hacía?

Ella prometió pasar a visitarlo el sábado por la tarde. Al parecer, tenían un montón de deberes para las vacaciones. A Josh se le encogió un poco el corazón cuando le recordó que se marchaba el domingo a los Pirineos con sus padres y sus dos hermanos. No la vería en quince días...

Tras colgar, el timbre de la puerta de entrada lo arrancó rápidamente de sus fantasías.

*

—¡¿Axel?!

—Hola, Josh. Vengo a ver cómo estás. ¿Te molesto?

—No —respondió él un poco sorprendido—. ¡Pasa!

Josh cogió dos refrescos en la cocina y arrastró a su compañero de clase al piso de arriba.

—¡Bienvenido a mi humilde morada! —exclamó, invitando a Axel a entrar en su habitación.

En cuanto franqueó el umbral del cuarto, Axel extremó las precauciones para no pisar nada. Se instaló en la cama sin hacer comentarios y empezó su inspección.

—Los pósteres de Le Confort Moderne eran de mi padre —aclaró Josh al notar la atención que les dedicaba Axel—. Bueno, siguen siendo suyos, solo es un préstamo.

—¡Legendarios! ¿Tú conoces a todos esos grupos? ¿Fugazi? ¿Milemarker? ¿At the Drive-In?

—Es lo que escuchaba mi padre en su época... Bueno, sigue escuchándolos; se ha quedado un poco estancado en los noventa... Si quieres, te haré una *playlist* y ya verás que hay cosas que no están mal —dijo Josh.

—Sí, gracias. Tu padre parece muy roquero. Tienes mucha suerte...

A Josh no le apetecía reconocerlo ante Axel, pero la mayor parte de la música que escuchaba, la descubría gracias a su padre. Y sí, tenía suerte.

—Por cierto, ¿qué te pasó ayer? —preguntó Axel abordando la razón de su visita.

Josh, sin entrar en detalles, le explicó el episodio de la víspera.

—No suena muy divertido. ¿Y no se puede hacer nada?

—No, en realidad no. Cuando me pasa, tengo que encerrarme en la oscuridad. Estoy acostumbrado. Aunque es verdad que ayer estuve muy mal.

Axel cogió el mástil de la guitarra que sobresalía de la pila de ropa y se sentó en el escritorio.

—¿Puedo echarle un vistazo a tu *ordenata*? —preguntó girando las clavijas de la guitarra, que estaba desafinada.

—Sí... ¿Qué quieres ver?

Axel apoyó la guitarra a un lado del escritorio.

—Solo cómo está diseñado. No puedo evitarlo. ¡Deformación profesional! —bromeó mientras empezaba a aporrear el teclado a toda velocidad.

—¡No hagas el tonto, que se va a colgar! ¿Qué haces?

Josh empezaba a temer por su aparato.

—¡Tranquilo! Estoy en la BIOS. Solo estoy mirando. No toco.

Josh no tenía ni idea de lo que era «la BIOS».

—De todas maneras, esto no le viene mal.

—¿Sí? No lo sé, funciona muy bien...

—Vale, entiendo.

Para gran alivio de Josh, Axel cerró todas las ventanas que había abierto.

—Un día tienes que venir a mi casa a ver mi instalación.

—¿Tu instalación?

—¡Tienes que venir a verla!

Ante el entusiasmo de Axel, Josh no se atrevió a confesar que la informática le apasionaba tanto como el Tour de Francia.

—Vale. Cuando quieras, me dices y me paso.

—Lo organizaré...

Axel se puso a pensar y su cara, tan entusiasta segundos antes, se fue ensombreciendo. Josh no sabía lo que ocurría, pero veía que algo le preocupaba.

—¿Y qué? ¿Hace mucho tiempo que eres un genio legendario de la informática? —preguntó Josh en broma para relajar el ambiente.

—Desde siempre... ¿Por qué? ¿Te da migraña estar junto a uno?

—¡Te burlas de un enfermo! ¡Alucino!

Josh cogió un calcetín del suelo y se lo lanzó desde el otro lado del cuarto, sin lograr dar en el blanco.

—Venga, abuelo, cálmate... ¡Tienes que descansar, no lo olvides! —se burló Axel—. ¿Has tenido noticias de Chaïma? Creo que te ha echado mucho de menos; hoy no era la misma... —se rio.

—Métete en tus asuntos... Y a Mila, ¿cómo le va?

—¿Qué?

—¿Crees que no me he dado cuenta de cómo la miras?

Axel cogió lo primero que encontró y...

*

Cuando Cosimo abrió la puerta de casa, Josh estaba leyendo cómics en el sofá. Estaba cansado, pero se encontraba mucho mejor. La visita de Axel le había sentado bien. Josh no acababa de creerse la rapidez con la que se habían hecho amigos.

—¿Qué tal estás, hijo?

—¡Perfecto! ¿Y tú?

—Agotado. Pero en París todo salió fantástico. Es posible que trabaje para una empresa especializada en doblaje de películas. Ya te contaré. ¿Cómo te sientes?

—No me ha dolido más. Mañana te cuento. Yo también estoy hecho polvo. He esperado solo para verte. Ahora creo que necesito dormir.

Cosimo se quitó los zapatos.

—Yo tampoco tardaré en retirarme… Mañana iremos a ver al doctor Namam. Debemos contarle tu crisis de migraña para saber qué opina.

—¿Sabes lo que es la BIOS?

—¿Me preguntas por algo de informática? —preguntó Cosimo, incrédulo. ¿Se interesaba su hijo por los ordenadores por una vez en la vida?

—¡Sí! Pero no te emociones… Es simple curiosidad.

—¡Ah! —exclamó Cosimo un poco decepcionado—. Bien…, en pocas palabras, la BIOS es el software de la placa base. Sirve para…

—Vale, papá. Es suficiente… Creo que es mejor que me vaya a acostar. Buenas noches.

—Buenas noches, Josh.

Cosimo observó a su hijo mientras subía la escalera. Nunca sería informático…

*

Cuando entró en su habitación, Josh se dio cuenta de lo cansado que estaba, a pesar de que se había pasado parte del día durmiendo.

Se desvistió y se acercó al ordenador para apagarlo. Presionó la barra espaciadora del teclado para despertar a la máquina. La pantalla se activó y apareció un mensaje:

I know what happened
I can help you

El mensaje permaneció visible unos cuantos segundos antes de que otro lo reemplazase.

Saturday 11 pm
be in front of your computer
tell no one

Transcurridos tres segundos, el mensaje desapareció y la pantalla recuperó su apariencia habitual.

10

Martes 20 de abril de 1999, Boston. Final de la tarde

Al salir de la casa de los padres de Jenny Gambo, Kyle fue a dar un paseo por el parque situado justo enfrente. La entrevista que acababa de tener con Cosimo Gambo lo había conmovido. Necesitaba aire. Tras media hora de caminata, encontró un banco y se sentó a revisar sus notas.

Cosimo Gambo tenía alrededor de treinta años y era informático. Su acento delataba su origen francés, pero se expresaba en un inglés impecable. Le había presentado a sus dos hijos antes de mandarlos con sus abuelos. Julia, la mayor, había agarrado de la mano a su hermano pequeño, Josh, y ambos habían abandonado el salón, llevándose algunos juguetes a su paso.

El rostro de Cosimo entonces se había descompuesto.

Entre el robo, que se había saldado con la destrucción de su apartamento, y la desaparición de su mujer, Cosimo Gambo no entendía lo que estaba pasando. Su mundo se había convertido en un caos.

Los padres de Jenny, que le habían abierto la puerta, también estaban abatidos. Kyle había percibido el miedo en sus caras. Le hubiera gustado darles una buena noticia.

Kyle empezó su entrevista con Cosimo haciéndole algunas preguntas rutinarias basadas en el informe que le habían enviado por fax. Lo interrogó sobre potenciales antiguos amantes en cuya casa su mujer podría haberse refugiado unos días.

Cosimo le relató su historia: su encuentro en el Instituto Antoine de Saint-Exupéry de La Rochelle, donde Jenny había ido a estudiar un curso en el marco de un intercambio internacional; su amor adolescente, que nunca se había apagado; su decisión de instalarse en Nueva York; el nacimiento de sus hijos. No, Cosimo no tenía conocimiento alguno de la existencia de antiguos amantes. Luego, Kyle trató de averiguar algo más sobre el trabajo de Jenny y del profesor Cooper.

Cosimo sabía que trabajaban juntos sobre la enfermedad de Alzheimer, pero no conocía más detalles de sus investigaciones que las personas que había interrogado en Yale. Cosimo nunca había conocido al profesor Cooper, pero sabía que gozaba de una enorme reputación y, aunque sus estudios se habían vuelto cada vez más confidenciales, seguía siendo una referencia en materia de neurobiología. Y había ayudado a Jenny a vencer sus migrañas.

Jenny Gambo empezó a sufrir dolores de cabeza intensos a los veintiún años, y nada parecía aliviarla. Los médicos no sabían qué recetarle aparte de descanso protegida del ruido y de la luz. Aparentemente, las migrañas eran un gran misterio para la ciencia. Sin embargo, el profesor Cooper había logrado enseñarle a Jenny ejercicios de relajación mental que pusieron fin a su problema de la noche a la mañana. En realidad, Cosimo no sabía más.

Kyle le preguntó finalmente a Cosimo sobre el comportamiento de su mujer durante los días anteriores a su desaparición. En ese momento, salieron a la luz muchas cosas.

Días antes del incendio de su apartamento, Jenny había vuelto a casa trastornada.

Había visto coches accidentados a un lado de la carretera al regresar de Boston y esto la había afectado profundamente. Los días siguientes se había recuperado, pero Cosimo sabía que no se sentía bien.

El episodio del robo y la destrucción de su apartamento no habían ayudado. Adoraban ese piso. Era su casa, y habían perdido todas sus fotografías, los dibujos de sus hijos, sus recuerdos...

La noche de su desaparición, Jenny lo había llamado para avisarle que volvería más tarde. Él la había escuchado agotada, había percibido una inmensa fatiga en su voz. Su mujer se excusó por trabajar tanto y, antes de colgar, insistió en desearles buenas noches a sus hijos, aunque sabía que ya estaban acostados...

Tras esta evocación, Cosimo se había derrumbado, invadido por la emoción. Kyle, impotente y desvalido, decidió finalizar la entrevista.

11

Miércoles 21 de abril de 1999, Boston

Kyle acababa de aparcar delante del hospital cuando sonó el teléfono.

—*Where are you, Chester?* —le preguntó su jefe.

—Estoy delante del hospital. Me dispongo a comprobar si las últimas noticias han hecho reaccionar a mi paciente.

El profesor Cooper seguía sin pronunciar ni una palabra, pero había algo nuevo. El cuerpo carbonizado de Jenny Gambo había aparecido dentro de su coche, en el fondo de un barranco en la Interestatal 95, entre New Haven y Boston.

—¡Déjelo todo enseguida y regrese a Nueva York! ¡De inmediato! ¡Ya no trabaja en este caso!

—¿Cómo que ya no trabajo en este caso? ¿Es una broma? Justo ahora que acabamos de conocer la muerte de Jenny Gambo, ¿de verdad cree que es el momento de interrumpir la investigación?

—¡No me hable en ese tono, Chester! Son órdenes. Vuelva ahora mismo. El FBI ya no se ocupa de este caso. ¡Punto final!

*

¿Qué significaba aquello? Por el momento, nada permitía afirmar que la muerte de Jenny Gambo no fuera accidental, pero no era necesario ser el número uno de la promoción de la Academia de Policía para tener serias dudas al respecto.

Había demasiados aspectos que necesitaban ser aclarados. No podía quedarse así y regresar con total tranquilidad a su casa, a pesar de lo que pensara Helen, cuyo último mensaje sonaba más a ultimátum que a declaración de amor.

Kyle decidió subir por última vez a la habitación del profesor Cooper. No esperaba obtener nada, pero necesitaba evaluar la situación. Desde que había sido informado del accidente, los rostros de Cosimo Gambo y de sus dos hijos no se le iban de la mente…

*

El profesor Cooper estaba sentado en su cama, con los ojos abiertos. Observaba la pared. Parecía tan concentrado que podría pensarse que era capaz de ver a través de ella. Kyle se sentó en la butaca, junto a la ventana.

—Acabamos de encontrar a Jenny Gambo. En el fondo de un barranco. Carbonizada en el interior de su vehículo.

El profesor seguía absorto en la pared, impasible. Kyle esperó. No sabía qué decir ni qué hacer para incitar a hablar al hombre. Le comunicó que no regresaría, que el FBI había sido apartado del caso. Tras cinco minutos de silencio, Kyle se levantó y se dirigió a la puerta. De repente, oyó que el profesor murmuraba algo. Había cerrado los ojos.

—*Kyle…*

—*Doctor Cooper?*

Sin dar crédito a lo que oía, se acercó a él. Cooper sabía quién era. Conocía su nombre de pila.

—*What… jk… gf… they… grsss… did…*

La boca del profesor Cooper articulaba las palabras con grandes dificultades, y hablaba en voz muy baja. Kyle se inclinó sobre él.

—*It… drrr… wasn't… prrrr… right…*

Tres batas blancas irrumpieron en la habitación en aquel momento, y Kyle se encontró en el pasillo en menos de treinta segundos. Dos tipos de traje negro le hicieron comprender que no valía la pena esforzarse.

—¿No te ha dicho tu jefe que regreses?

Kyle vaciló un instante, pero se resignó. Cuando volvió la cabeza por última vez, vio que un hombre de pelo blanco entraba en la habitación. Era alto e iba muy bien vestido. Rondaría más o menos la edad de Leonard Cooper, aunque tenía mejor cara.

¿Qué estaba sucediendo? ¿Quiénes eran esos hombres? ¿Agentes de la CIA? No le extrañaría. No se había cruzado con muchos, pero empezaba a saber cómo reconocerlos.

El profesor le había hablado. No se lo podía creer. «Lo que han hecho no es justo», creyó descifrar entre lo balbuceado por el hombre.

¿Qué había querido decir? ¿De quién y de qué hablaba?

12

Josh no podía pensar en otra cosa que en el enigmático mensaje que había aparecido el día anterior en la pantalla de su ordenador. Había dormido muy mal y se había despertado excesivamente temprano. Las preguntas se atropellaban en su cabeza como coches de choque, pero sin la parte divertida.

Al volver del médico, que se limitó a prescribirle una resonancia magnética, interrogó a su padre a propósito del colega de su madre en Yale, el que la había curado de sus migrañas.

—¿Crees que está muerto?

—No era precisamente joven, y de esto hace...

Cosimo no acabó la frase. Hacía doce años que su mujer había muerto.

—Nunca se sabe. En todo caso, podemos intentarlo, ¿no? —preguntó Josh tras unos segundos de silencio.

—A decir verdad, intenté hallar su rastro cuando empezaron tus episodios de migraña, pero sin resultado. Puede que esté muerto. Pero, sí, siempre puedes intentar buscarlo, no cuesta nada. Aunque no deberías hacerte demasiadas ilusiones..., y, además, nada dice que lo que funcionó con tu madre funcione contigo.

Permanecieron en silencio hasta llegar a casa, ambos enfrascados en sus pensamientos, que los trasladaban lejos de Poitiers.

*

—¿Cómo te sientes? —le preguntó Chaïma sentándose en la cama.

—Muy bien, no te preocupes. Es verdad que lo del miércoles fue un poco raro, pero ya estoy mejor. Y tú, ¿qué tal?

—Estoy agotada. Las vacaciones llegan en el momento perfecto.

—¿Verdad que sí?

—¡Ya lo creo!

Ambos se echaron a reír, y Chaïma empezó a bromear con el estado de la habitación de Josh.

Sentaba bien relajarse un poco. Por un instante, Josh olvidó todo lo que le atormentaba.

Chaïma sacó una carpeta de su mochila y se la tendió a Josh con solemnidad.

—¿Es para mí? —preguntó, emocionado como un actor que acaba de recibir un premio.

—No es solo mío. Axel también ha colaborado. En cualquier caso, está hecho con cariño.

—No era necesario. De verdad, no sé qué decir.

Chaïma recuperó la carpeta y revisó los apuntes fotocopiados que le había llevado a su amigo, así como todos los documentos nuevos que habían repartido en clase sobre los que tendrían que trabajar durante la temporada de vacaciones.

De pronto, Chaïma intuyó que Josh no estaba del todo con ella.

—¿Me estás atendiendo? —le preguntó.

—Eh…, no, perdón. Pensaba en otra cosa —se excusó él.

—Ya veo, ya. ¡No falta mucho, un poco de energía!

Josh seguía pensando en el misterioso mensaje que había recibido dos días antes. Las preguntas revoloteaban en su cabeza.

—¡Ya está! Esto es todo —concluyó Chaïma.

—Fenomenal. Te lo agradezco, no sé qué haría sin ti.

—No lo tendrías fácil, está claro —reconoció ella sonriendo.

—Eres genial, Chaïma. En fin..., eres... una chica verdaderamente especial... para mí. Eso es lo que quería decir —farfulló Josh, sorprendido por su audacia.

Chaïma, desconcertada ante el cambio de tono de la conversación, tardó unos segundos en encontrar las palabras.

—Tú también eres muy especial para mí, Josh —acabó por responderle.

Un silencio pesado se instaló entre ellos.

Josh estaba emocionado por lo que acababa de decirle Chaïma. Le apetecía cogerla de la mano, hacer algún gesto, pero tenía la boca tan seca como el desierto de Gobi y no conseguía reaccionar.

¿Que sentía Chaïma? ¿Y qué sentía él en realidad?

La chica se levantó y miró por la ventana. Su padre estaba aparcando.

Josh también se levantó.

—De todas formas, muchas gracias por haberte pasado —consiguió articular—. Ha sido muy generoso por tu parte tomarte la molestia de traerme esta supercarpeta.

—De nada. Y descansa mucho.

Chaïma lo besó con ternura en la mejilla y salió corriendo.

Desde la ventana, observó alejarse el coche. «¡Qué desastre!», pensó en voz alta.

*

Josh bajó las escaleras algo más tarde. Iba vestido para hacer *footing*. Se precipitó fuera con *Californication*, de los Red Hot Chili Peppers, en las orejas.

Los veinte primeros minutos siempre eran los más difíciles; había que controlar la respiración.

Una vez conseguido ese objetivo, y cuando el cuerpo ya no era un lastre sino una locomotora que avanzaba sin pensar, Josh entraba en un estado próximo al trance. La música lo transportaba a otro mundo, y en el tiempo que duraba un pequeño paseo por la ciudad, nada era insuperable o irresoluble. Recuperaba el control.

13

Jueves 22 de abril de 1999, en las oficinas del FBI en Nueva York

Al volver a su casa, Kyle encontró una bolsa y una nota sobre la mesa de la cocina. Helen había recogido sus cosas y le devolvía las suyas. Se había acabado.

Por supuesto, cuando entró en el despacho del jefe de división MacKaye no estaba en la mejor de las disposiciones. Además, no se había equivocado: la CIA se hacía cargo del asunto. Aquello era demasiado.

—¿Cree que a mí esto me gusta más que a usted, Chester? —gritó MacKaye saltando de su silla—. ¿Dejarme pisar por esos fantoches?

—Pero...

—¡No hay peros que valgan, Chester! ¡No tenemos elección!

Kyle sabía que su jefe estaba en lo cierto.

MacKaye carraspeó y regresó a su silla.

—Debería tomarse una semana de vacaciones. ¿Y por qué no ahora mismo? Le ofrezco una semana más.

Kyle no se podía creer lo que oía.

—No sé, jefe. Esto no me gusta...

—Venga, Chester, ¿acaso no le gustan las vacaciones? En cualquier caso, mi oferta tiene fecha de caducidad, así que ¡dese prisa en aceptar y ahueque el ala!

Mientras se lo pensaba, Kyle se dijo que no tenía motivos para rechazar la propuesta. Se merecía un descanso y, de todas maneras, no se veía metiéndose en otro caso, en vista de cómo se sentía. El FBI podía olvidar los casos con solo meterlos en un archivador, pero para él estaba lejos de ser tan sencillo. Y ya que solo podía contar consigo mismo para tratar de arrojar luz sobre aquella historia, decidió aceptar la oferta.

Le dio la mano a MacKaye y se dirigió a la puerta.

—*Hey, Chester! Take it easy. You'll get used to it. Believe me.*

No, su jefe se equivocaba por completo: nunca podría tomarse estas cosas a la ligera...

*

Sentado en la barra, desde la que disfrutaba de la perspectiva del escenario, levantó el brazo para pedir otra copa. Había tenido un día duro, pero esto no le impedía apreciar al trío que actuaba en el Smoke Jazz. La batería, el contrabajo y el piano se regodeaban alejándose de todos los clichés, y Kyle era un conocedor del jazz que sabía medir el verdadero talento de los músicos.

—*Rough day, Kyle?* —le preguntó el camarero, poniéndole un vaso de whisky delante.

—*Kind of...*

Kyle no tenía ganas de desahogarse. Helen acababa de poner punto final a su relación, y sus inesperadas vacaciones no cambiaban nada. Tras media hora de conversación acalorada, le había acabado confesando que había otra persona. Cuanto más pensaba en ello menos la culpaba. Casi nunca estaba allí, y cuando estaba, no conseguía olvidarse de sus casos. Cogió su copa y bebió un trago.

Después de lo sucedido en el despacho de MacKaye, empezó a preguntarse por qué se sacrificaba tanto por su trabajo. Pensó en Cosimo Gambo, que ya sabía que su mujer estaba muerta. Pensó en sus dos hijos y en los padres de Jenny.

Ahora esta investigación era para ellos. ¿Dónde estaría Leonard Cooper? ¿Y en qué estado?

—*This one is on the house!* —exclamó el camarero, que nunca lo había visto tan taciturno, llenando el vaso de Kyle.

—*Thanks, Carl* —respondió el agente del FBI cogiendo la copa y prometiéndose a sí mismo que sería la última.

Luego se giró hacia el escenario e intentó disfrutar del espectáculo.

14

Josh estaba plantado delante de su ordenador. En su pantalla se abrió una ventana y apareció un mensaje.

=*Are you there?*

=*I am.*

Había llegado el momento.

Tras darle miles de vueltas al asunto, estaba convencido de que Axel era el responsable de aquella misteriosa cita. Estaría intentando demostrarle hasta qué punto dominaba la informática... y el inglés.

=*I know what happened. I read your blog. You hear voices. I think I know why and I can help you.*

La mención de su blog y de lo que había escrito recientemente hizo que se sintiera incómodo.

Era la primera vez que le ocurría algo así. La broma de Axel empezaba mal.

=Axel, ya vale, no me hace gracia.

=*I'm not Axel. And I don't have much time.*

Josh no tuvo tiempo de responder, ya que apareció un nuevo mensaje, siempre en un inglés impecable[1].

=No hagas preguntas y presta atención. Tienes algo especial en tu cerebro. Una pequeña parte más desarrollada de lo normal. Se podría hablar de malformación, pero esta particularidad te permite conectarte al cerebro de otras personas.

---

[1] Traducido para facilitar la lectura. (Nota del autor).

No podía ser Axel. Él no tenía ese nivel de inglés. ¿Quién era ese internauta que afirmaba tener tanta prisa y que le hablaba de su cerebro? Además, le pedía que no hiciera preguntas… Escribió solo dos palabras:

=No entiendo.

=El cerebro es como un ordenador. Contiene un número incalculable de datos que circulan gracias a pequeñas señales eléctricas. El tuyo está equipado con una especie de sistema wifi: puedes percibir los impulsos eléctricos emitidos por otros cerebros. Lo he visto antes.

=¿Puedo comunicarme con otros cerebros? ¿Es eso lo que intentas decirme?

=Puedes acceder a otros cerebros.

=¿Me tomas por imbécil?

=Me creerás cuando lo sientas de verdad.

=¿Y cómo lo hago?

=Acércate a alguien en un lugar tranquilo donde puedas tomarte tu tiempo. Concéntrate en lo que sientes. Trata de percibir el flujo eléctrico a tu alrededor.

=¿Y qué ocurrirá cuando perciba ese «flujo»?

=Ya lo verás. Primero debes aprender a percibirlo. Es la única manera de librarte de tus migrañas, que a partir de ahora no harán más que empeorar.

=Creo que entiendo, ¡aunque esto es una locura! No tiene ningún sentido. ¿Quién eres?

=Tengo que irme. Volveré a contactar contigo. No hables de esto con nadie, y, sobre todo, evita cualquier prueba del tipo de una resonancia magnética. Nadie debe saberlo.

=¿Por qué?

=Solo te causaría problemas.

=¿Y si quiero contactar contigo?

=*You can't. I will contact you. And don't forget: you have to feel the flow!*

La ventana se cerró. El corazón de Josh latía a cien por hora. Permaneció varios segundos clavado ante la pantalla negra. No daba crédito a lo que acababa de pasarle.

Se levantó y empezó a dar vueltas por la habitación. ¿Con quién estaba tratando? Con una persona que leía su blog. No era Axel. Jamás le había hablado de su blog. Ni a él ni a nadie. Sin embargo, alguien estaba al corriente.

Sospechaba que su blog tenía visitas, esa no era la cuestión, pero nunca daba su nombre ni su dirección y jamás había colgado ni una sola foto. ¿Cómo es que alguien había conseguido encontrarlo? Aquellos mensajes estaban dirigidos a él, estaba seguro. Y habían llegado a su ordenador, a su casa, a su habitación.

El día de su visita, Axel había curioseado en su ordenador. ¿Habría encontrado un enlace o algo que lo pudiese haber llevado a descubrir su blog? No, aquel no era Axel, no le gastaría una broma de tan mal gusto. Y no tenía ese nivel de inglés. ¿Y, además, por qué en inglés? Josh, todavía desconcertado, se repitió las últimas palabras del extraño: «*You have to feel the flow!*».

¿Qué era aquella historia del «*flow*»?

¿De verdad había oído los pensamientos de los de al lado durante la prueba común de Matemáticas?

15

—¡Josh! ¡Josh! —insistió Cosimo.

—¿Sí? ¿Qué? —preguntó Josh jadeando y quitándose los auriculares.

—Hace hora y media que te fuiste. ¿Has estado corriendo todo este tiempo?

Josh estiró los brazos para inspirar profundamente.

—Sí, ¿por qué?

Cosimo observó a su hijo. Estaba colorado y sudoroso, pero parecía relajado; en cualquier caso, más que por la mañana.

—Llevas tres días seguidos corriendo. Hacer deporte está bien, pero sabes que tampoco hay que abusar.

—No pasa nada, no abuso. Me sienta bien...

—No has quedado con nadie desde que empezaron las vacaciones. ¿Se ha ido todo el mundo?

—No, no... El tiempo vuela, nada más...

Cosimo observó a su hijo mientras subía la escalera. Se preguntó qué estaría pasando en su cabeza. Cada noche desde el comienzo de las vacaciones lo sentía luchar con sus demonios. ¿Qué podía preocuparle tanto?

*

Nada más llegar a la biblioteca, Josh pasó por la ventanilla de las devoluciones para vaciar su mochila. Su espalda se lo agradeció. Luego se dirigió al primer piso en busca de nuevas lecturas.

Desde el comienzo de las vacaciones, no hacía otra cosa que huir de casa. No dejaba de pensar en lo mismo y estaba cansado. Deseaba olvidar aquel momento tan incómodo en su habitación con Chaïma. ¿Por qué a veces era tan difícil decir cosas sencillas a las personas? «La timidez es enternecedora», había oído en alguna ocasión. ¡Venga ya!

Leía mucho y corría casi a diario para despejar su mente. Cuando no estaba leyendo o pisando el asfalto con pequeñas zancadas, daba vueltas en autobús tratando de atrapar las palabras que flotaban en la mente de las personas.

Había logrado provocarse dos migrañas y se había dicho que quizá era una buena señal, aunque no sin antes considerar hasta qué punto resultaba absurda la idea de creerse capaz de leer los pensamientos. Pero una y otra vez volvía el recuerdo de lo ocurrido durante la prueba de Matemáticas. ¿Y Chaïma? ¿Cuántas veces había creído oírle murmurar algo? ¿Era posible? *¿«The flow»?*

Releyó varias veces en su blog la entrada sobre la crisis de migraña que lo había desencadenado todo. Alguien la había leído: el internauta misterioso. Al saber que lo espiaban, Josh ni siquiera se atrevía a escribir.

Pensaba en su madre. En sus propios episodios de migraña. En el famoso profesor Cooper que se las había curado. Había investigado un poco, pero sin encontrar nada. Leonard Cooper no formaba parte del personal de la Universidad de Yale y, según los buscadores, el último artículo científico en el que se mencionaba su nombre databa de 1998.

Por la noche, poco antes de las once, se plantaba delante de su ordenador, esperando que su pantalla se iluminase de nuevo con las palabras de su misterioso médico particular. Daba vueltas, solo, y su cuerpo empezaba a acusar el golpe.

Una vez revisadas las baldas de cómics —había encontrado tres álbumes que no había leído—, se dirigió hacia las inmensas estanterías donde se agrupaban las obras de historia. Por fin se había decidido a coger la bibliografía que les había dado el señor Vandewynckel, el profesor de Historia. Ya era hora; faltaban dos días para volver a clase.

Se sentó. Consultó el índice de su libro y lo abrió por el comienzo del primer capítulo, «Ellis Island». Se puso a leer y su cabeza, cada vez más pesada, empezó a caer suavemente hacia delante. La fatiga lo vencía.

Arribó a la bahía del Hudson a bordo de un enorme paquebote. Eran cientos, como él, llegados en busca de una vida llena de esperanza y aventura en el nuevo continente. Empezar de cero.

Sobresaltado, Josh levantó la cabeza y abrió los ojos. Pero los párpados le pesaban demasiado. Los volvió a cerrar y se dejó ir del todo.

Axel también estaba allí; contemplaba la Estatua de la Libertad mientras fumaba un cigarrillo, cerca de una mesita en la que había un enorme ordenador cuya pantalla mostraba líneas de lenguaje codificado. Julia manejaba el timón y lucía con orgullo la gorra de capitán. Chaïma estaba sentada en el suelo, rodeada de niños a los que les leía una historia.

... en las paredes del templo de Venus se describían tristes espectáculos: los insomnios y los suspiros helados, los deseos entre sollozos, las lamentaciones...

Hombres y mujeres iban y venían alrededor de ellos, pero solo se oía la voz de Chaïma.

... magia y violencia, mentira y adulación, dinero, inquietud y, en definitiva, envidia...

Era una historia extraña, casi incomprensible. No obstante, los niños parecían cautivados por el relato. Axel apagó su ordenador y se acercó a Chaïma para escuchar él también.

... portando sobre su cabeza la guirnalda de oro...

Josh se frotó los ojos. Mecido por aquella curiosa historia, muy despacio, empezó a abandonar su estado de somnolencia.

... y un cuco sentado en su mano, instrumentos de música...

Al volver la cabeza, Josh se dio cuenta de que una chica de pelo corto y negro se había sentado a su lado. Estaba concentrada en la lectura. La historia continuaba, pero ya no con la voz de Chaïma. Había desaparecido. Como el barco y lo demás.

... corros y bailes, revuelo, alegría y otras formas...

De pronto, la historia se detuvo. La chica dejó el libro del revés junto a su asiento, como para no perder la página, y se levantó. Se alejó, cabizbaja, y con el móvil en la mano derecha.

Lo siento. No puedo ir. Te...

Josh sintió algo extraño. Una sensación que se fue atenuando poco a poco antes de desaparecer del todo. Trató de levantarse, pero tuvo que sentarse de nuevo casi de inmediato; sus piernas no se habían despertado al mismo tiempo que el resto de su cuerpo. Volvió la cabeza hacia el libro que acababa de dejar la chica y alargó el brazo para cogerlo. Apoyó el índice en la parte superior de la página de la izquierda y dejó que su dedo guiase la lectura. Sus ojos se agrandaban un poco más con cada línea que recorría: releía exactamente lo que acababa de escuchar en su estado de duermevela.

«The flow».

Permaneció sentado unos minutos sin saber qué hacer. Sentía que una excitación incontrolable se apoderaba de él. Tras un momento de desconcierto, se levantó y se dirigió al ascensor. Las puertas se abrieron y entró, seguido de cerca por un hombre que debía de tener la edad de su padre.

... no creo que ella sospeche nada.
Se va a sorprender... hace mucho tiempo que se lo espera,
tengo ganas de ver su cara cuando...

Su voz sonaba grave y dulce a la vez. Josh no pudo evitar mirar de arriba abajo al hombre.

... quizá debería avisar, creo que llegaré un poco tarde...

El hombre sacó una *tablet* y empezó a teclear.

... llegaré, pero todavía estoy en la biblioteca.
Creo que estaré allí dentro de...

Las puertas del ascensor se abrieron y el hombre salió sin levantar la mirada. Josh lo vio alejarse. Ya no lo oía.

Sin saber si debía alegrarse o estar muerto de miedo, Josh, de repente, preso de un mareo incontrolable, se precipitó hacia la salida.

Oía lo que ocurría en la mente de las personas.

Le faltaba el aire.

SEGUNDA PARTE

El aprendizaje

Josh no conseguía ver el final del pasillo. Caminaba desde hacía una eternidad, pero no se había cruzado con nadie. No había puertas ni ventanas, todo era blanco. Por fin se dibujó una silueta. Era una chica de su clase. No se acordaba de su nombre. Ella llegó a su altura y se cruzaron sin que le dirigiera ni una sola mirada.

Josh Gambo, eres insignificante. No existes.

Se volvió, pero la chica ya estaba lejos. Otra silueta avanzaba hacia él. Era el señor Fournier, su profesor de Física de tercero. De todos los profesores que había tenido, el señor Fournier era sin duda alguna el que menos había apreciado sus cualidades.

Es usted un imbécil, señor Gambo.
Nunca entenderá nada de nada.

Consternado y un poco ofendido, Josh se volvió de nuevo. El señor Fournier había desaparecido.

Continuó avanzando sin tropezar con nadie durante mucho rato. Luego, distinguió dos formas. Una chica del instituto con la que se cruzaba a menudo y que debía de estar en último año lo miró con condescendencia.

Qué desastre, pobrecito.

Esta vez no se volvió. Uno de los tres mortífagos, los ladrones de tabaco, llegaba a su altura. Era difícil precisar de cuál se trataba. Se diría que era una mezcla de los tres...

Nunca llegarás a nada con las chicas, colega.
¡¡Eres un completo negado!!

No podía más. Quería salir de aquel pasillo infernal. Trató de dar media vuelta, pero no podía avanzar en otra dirección. Retomó la marcha un poco más rápido, buscando una salida. Seguía sin haber ninguna puerta. Ninguna ventana. Todo era tan liso. Una nueva silueta se dibujó a lo lejos. Josh miró de nuevo a su alrededor. Sin salida. Se concentró en la silueta que avanzaba hacia él. Todavía estaba lejos, pero no había duda: era Chaïma.

Intentó dar media vuelta, pero no tuvo más éxito que la primera vez. El pánico se apoderaba de él. Chaïma se acercaba cada vez más. No podía cruzársela. No era posible. Los latidos de su corazón empezaban a marearle. Tenía que salir. Chaïma avanzaba y seguía sin haber salida. Él también continuaba caminando recto hacia delante, no podía luchar. Estaban a unos metros uno de otro...

16

Detesto los lunes por la mañana... Al menos tanto como...

La conexión se había desvanecido otra vez. Josh se concentró con mayor intensidad. Nada. La joven sentada a su lado sacó su teléfono y conectó sus auriculares. Aquello volvía...

Y encima este tiempo tan gris...
quedarme debajo del edredón... nunca...

El autobús se detuvo. Las puertas se abrieron y se volvieron a cerrar. Josh intentó no pensar en nada, pero no lo consiguió.

... dos años más y ya está... no más, de ninguna manera...

Le costaba analizar lo que sentía. Aún desconocía cómo captar una conexión y también cómo mantenerla. Pero funcionaba... Realmente leía los pensamientos.

La joven se levantó de pronto y salió precipitadamente. El autobús se había detenido sin que Josh se diera cuenta. Vio alejarse a la estudiante y, cuando el bus volvió a arrancar, se percató de que había llegado demasiado lejos: debería haberse bajado tres paradas antes.

¡Iba a llegar tarde al instituto!

Cuarenta minutos de retraso no eran poca cosa. Josh se paró delante de la puerta del aula e intentó recuperar el aliento antes de llamar. No oía nada. Transcurridos diez segundos, llamó y entró.

Caminó hasta la mesa y se acordó. Su profesor de Geografía e Historia les había puesto una evaluación al volver de vacaciones. Josh mostró su agenda escolar y, después de informar del motivo de su retraso, el profesor lo invitó a instalarse cuanto antes tendiéndole el examen.

Josh cogió la hoja y se volvió hacia la clase. Todas las miradas estaban puestas en él. Durante una fracción de segundo, le dio la impresión de que todo el mundo podía ver en su interior, de que todos lo sabían. Pero era él quien leía los pensamientos, no ellos.

—¡Josh! ¡Siéntate y date un poco de prisa! —lo apremió el profesor.

El chico avanzó lentamente por el pasillo mirando al suelo. Pensó en la pesadilla que había tenido la noche anterior, en la que escuchaba todo lo que la gente pensaba de él. Un escalofrío le recorrió la espalda...

Posó sus nalgas en el primer lugar vacío y abrió su mochila. Sacó su estuche sin hacer ruido y escribió su nombre en el examen. Hasta ese momento no se dio cuenta de que estaba sentado al lado de Chaïma.

—Me he quedado dormido —murmuró, sin girar la cabeza.

Chaïma, intrigada, observó a su amigo unos instantes. Luego, al constatar que parecía decidido a no dedicarle ni una mirada, se concentró en su tarea.

*

—¿Te apetece que pasemos por Gibert? —propuso Chaïma al salir del instituto—. Tenemos que comprar un libro francés.

Axel se excusó y se largó a toda prisa.

—¿Qué le pasa? —se sorprendió Chaïma.

—No lo sé... ¿Se muere de ganas por hacer los deberes? Ah, no, creo que ya lo entiendo —dijo Josh frunciendo el ceño—. Mira los tres tipos que vienen por ahí...

—Ah, sí, los reconozco.

Josh y Chaïma observaron cómo los tres alumnos de último curso pasaban por delante de ellos. El más corpulento se dirigió a Josh y le sonrió.

—¿Has perdido a tu colega? ¡Qué lástima! Me habría gustado hablar con él —soltó mientras se alejaba.

A Josh le entraron ganas de insultarlo, pero cambió de opinión.

—¡Qué gilipollas! —le confió a Chaïma—. Axel lo llama Malfoy.

—¿Cómo el de *Harry Potter*?

—Como ese.

—Sí, parece igual de simpático que él y enseguida te entran ganas de odiarlo.

—¡Menuda pandilla de imbéciles! Por suerte, Axel no se cruza con ellos a menudo. Pero como no puede evitarlos, ha encontrado un truco que siempre funciona.

Josh le explicó a Chaïma que, desde hacía un tiempo, Axel siempre llevaba un segundo paquete de tabaco, un paquete que solo tenía uno o dos cigarrillos. Cuando no le quedaba más remedio, se lo daba, a regañadientes. Luego veía alejarse a los tres mortífagos y se preguntaba cuánto tardarían en comprender que se burlaba de ellos.

—No acabo de entender que este asunto no se pueda arreglar de una vez por todas... Y su estrategia no cambia nada; le roban, eso es todo. Bueno, ¿me acompañas o no? —preguntó secamente Chaïma, que empezaba a enfadarse.

—Es mejor que me vaya —se disculpó Josh, cuyas ganas de conectarse al flujo de pensamientos eran más fuertes que cualquier otra cosa—. Llevo bastante retraso con lo de mañana —mintió—. Ya me ocuparé del libro en otro momento.

Se dieron un beso y Josh se alejó con su mala conciencia a cuestas.

*

—¿Joven? —insistió el responsable de la sección juvenil—. La biblioteca cerrará en unos minutos. Tiene que despertarse.

... o en todo caso salir de ese estado...
¿drogado?... no lo parece...
... pero, aun así... dormir con los ojos abiertos, como si nada...

Jérôme Frangie movió la cabeza a derecha e izquierda, pero todos sus colegas debían de estar ya en la planta baja. Estaba solo.

... me tenía que tocar a mí...
... voy a sacudirlo un poco, verás...

—¿Joven? —repitió, agarrando a Josh por el hombro.

... ¡mierda! Tendré que pedir ayuda.
Este imbécil está empezando a darme miedo...

Josh cerró los ojos un instante y luego centró su mirada en la del hombre que permanecía en cuclillas delante de él.

—Ya, ya, perdone. Me he quedado dormido —masculló.

—¿Suele dormir con los ojos abiertos?

—Sí, algunas veces —respondió tratando de levantarse.

—Huy, pero si apenas se tiene en pie. ¿Qué le pasa?

... al final seguro que está drogado...

17

Viernes 23 de abril de 1999, Nueva York

Kyle, a quien no se le había ocurrido cerrar las persianas al acostarse, se despertó un poco más temprano de lo que hubiera deseado.

Una seria resaca le recordó los abusos de la víspera y decidió empezar el día con una ducha caliente y una pastilla para el dolor de cabeza.

Al salir del cuarto de baño, media hora más tarde, tiró a la basura un tubo de máscara de ojos que Helen había olvidado recoger. Pensó que tendría que hacer una buena limpieza en el apartamento.

*

Tras un desayuno apresurado y dos horas dedicadas a reconciliarse con su piano, Kyle se decidió a salir de casa y se dirigió a la boca del metro situada en la esquina de Broadway con la calle 96. Se sentía mucho mejor y había decidido desplazarse a las dependencias del séptimo distrito de la policía de Nueva York, encargado del Lower East Side y por tanto de la investigación del robo y el incendio del apartamento de la familia Gambo.

Tenía contactos en cada distrito gracias a sus padres, que habían hecho toda su carrera en el seno del Departamento de Policía de Nueva York.

Pero los polis neoyorquinos no eran una excepción a la regla y sentían poca estima por los agentes federales. Para ellos, los federales eran una pandilla de burócratas pretenciosos que ignoraban el significado de trabajar sobre el terreno, pero que no se privaban de dar lecciones cuando irrumpían en la escena de un crimen. Con Kyle, era un poco diferente. Muchos polis, sobre todo los más viejos, conocían a sus padres y lo habían visto crecer. En cualquier caso, siempre conseguía encontrar una cara familiar que sonreía al verlo llegar y se interesaba por él. Cuando entró en las oficinas del séptimo distrito, el sargento Benton se dirigió hacia él y, en efecto, se interesó por la salud de sus padres.

—Bien, me temo que no has venido hasta aquí para charlar un rato con un poli casi senil. ¿Qué puedo hacer por ti?

Kyle, que esperaba convencer al viejo Benton de que lo ayudara, expuso la razón de su visita evitando mencionar que estaba de vacaciones y que su gestión era estrictamente personal.

—*Come with me, I'll see what I can do* —anunció Benton tras pensárselo un rato.

*

Kyle sacó una bien merecida cerveza del frigorífico, se instaló cómodamente en el sofá y dejó que su mente se vaciara al ritmo de las melodías del concierto de Keith Jarrett en Colonia. Lo necesitaba.

Se había pasado la tarde borrando pruebas, haciendo desaparecer todos los indicios que atestiguaban el paso de Helen Banks por su apartamento. Y, al contrario de lo que había imaginado, había muchos.

Pasados tan solo unos minutos, se incorporó y cogió el informe que descansaba sobre la mesa.

La investigación llevada a cabo por la policía de Nueva York sobre el robo y el incendio del apartamento de Jenny y Cosimo Gambo había durado solo tres días. El sargento Benton, al entregarle una copia del informe, había insistido varias veces: algo no estaba claro. Además, le había pedido que se asegurase de que nadie se enterara de que le había entregado una copia.

Las averiguaciones habían comenzado con las tomas de rigor de huellas dactilares, la recogida de muestras y el interrogatorio a todas las personas que podían haber visto u oído algo. Una investigación de lo más banal y rutinaria. Al tercer día, no obstante, una orden de las altas instancias puso fin a las indagaciones. El servicio científico ni siquiera había tenido tiempo de concluir con sus análisis.

Según la declaración de Cosimo Gambo, les habían robado un ordenador y dos discos duros. Uno de ellos era un disco externo, fácil de meter en una mochila, pero el otro requería acceder a una unidad central.

Los asaltantes no habían tocado un lujoso reloj ni las valiosas joyas guardadas en una cajita colocada sobre una cómoda.

Era desconcertante.

¿Habían pasado de largo? ¿Se habían visto obligados a marcharse precipitadamente, sin tiempo a registrar el piso entero? Kyle no lo creía y, de todos modos, esto no explicaba por qué tenían interés en los ordenadores, o más bien en su contenido. Habrían podido apoderarse de las joyas para dar el pego. No era complicado. Pero no lo habían hecho. ¿Acaso querían enviar un mensaje a sus víctimas? ¿A Jenny? ¿Y por qué prender fuego? ¿Para borrar sus huellas o para intimidar aún más a los ocupantes de la casa?

Kyle estaba cada vez más convencido de que Jenny había sido asesinada. O por lo menos de que no había sido víctima de un accidente. ¿Huía? ¿La perseguían? Y el hecho de que la investigación de la policía de Nueva York hubiera sido suspendida al cabo de tres días por una orden caída del cielo afianzaba su idea de que se trataba de una especie de puzle gigante cuyas piezas eran cada vez más difíciles de ensamblar. Un puzle *made in CIA*.

18

La lluvia que caía desde hacía varios días había limpiado las aceras y llenado los autobuses de la ciudad. Bertrand Lerustre se alegraba de haber podido sentarse.

Bertrand Lerustre detestaba viajar de pie. Quizá eran los cuarenta años. De igual manera detestaba que le preguntaran la hora —no tenía reloj—, una dirección —no era de allí o no tenía tiempo—, que le pidieran fuego —no fumaba—, y cuando alguien le pedía un par de monedas para comer, respondía que él no era un banco.

Una vez sentado, Bertrand Lerustre, por lo general, se enfrascaba en la lectura de una revista de informática, su gran pasión. Tenía mucho cuidado de no levantar jamás los ojos, porque dentro de un autobús era fácil cruzar la mirada con una mujer embarazada o con una persona mayor, gente dispuesta a todo para inspirar lástima.

En resumen, y para perfeccionar el retrato de este encantador personaje, Bertrand Lerustre nunca salía de casa sin su reproductor MP3 y sus cascos estéreo baratos, que permitían a todo aquel que estuviera a su lado disfrutar del hard rock con el que castigaba sus orejas.

Lerustre era, en suma, una acumulación de pequeños detalles que fulminaban las ganas de cualquier tipo de acercamiento.

Aquella mañana, sin embargo, un adolescente vino a provocarlo y se colocó justo delante de él. El joven se quitó la capucha y le hizo un gesto con la mano, preguntándole si le permitía sentarse a su lado, en la ventanilla. Bertrand Lerustre, sin quitarse los cascos y haciendo una mueca, agarró su mochila y encogió las piernas para dejar pasar al intruso. A continuación retomó la lectura, sin abandonar el gesto de disgusto que le deformaba el rostro. A Bertrand Lerustre no le gustaban los adolescentes.

Cuando el autobús se detuvo y las puertas laterales se abrieron para que una niña y sus abuelos se bajaran, una ráfaga de viento cargada de agua aprovechó para colarse en el interior.

Las puertas se volvieron a cerrar y Bertrand Lerustre sacudió su revista para hacer caer las únicas gotas que todavía no habían empapado el papel. Entonces, se giró hacia su vecino, que se secaba la cara, mirándolo con insistencia y con un aire de satisfacción tan inexplicable como insoportable.

—¿Nos conocemos? —preguntó Lerustre en un tono que no ocultaba su irritación.

—Pues... no. Y, francamente, creo que podré soportarlo —respondió bastante seco el adolescente antes de girarse hacia la ventana.

Intercambiando una mirada cómplice y divertida con su propio reflejo, Josh se dejó invadir de nuevo por el flujo y el increíble sentimiento de poder que le proporcionaba.

Era nuevo, pero al mismo tiempo extrañamente familiar. Era como una nube que le acariciaba la mente. Empezaba con un hormigueo y se transformaba en una especie de onda, una masa espesa e invisible que flotaba en el aire. Y, en un momento dado —Josh aún no sabía cómo—, lo oía. «*The flow*».

Era increíble, aterrador, excitante, y sobre todo adictivo. Desde su primera experiencia, Josh no podía evitar intentarlo una y otra vez. En el bus, en la biblioteca, en cuanto finalizaban las clases, se dedicaba a robar palabras y frases. Era más fuerte que él. En ocasiones no funcionaba y otras no paraba. El flujo. Todavía no lo controlaba del todo, pero progresaba un poco cada vez.

Aquel día, el agua sobre su rostro había interrumpido la conexión.

*

—Soy yo —anunció Josh por el interfono.

—¡Te abro!

Josh subió las escaleras hasta el primer piso y llegó hasta la puerta entreabierta del apartamento n.º 3.

—¡Venga, pasa! ¿Qué tal?

—Es el día más importante de mi vida —exageró Josh—. ¡Por fin voy a ver tu cuartel general!

—No te haré esperar. ¡Venga, vamos! —dijo Axel, que era con mucho el más excitado de los dos.

Tras varios intentos frustrados, por fin había conseguido invitar a Josh a que viniera a ver su instalación informática.

Axel vivía con su padre en un piso pequeño frente al parque de Blossac. Su habitación no debía de medir más de diez metros cuadrados.

Habitación, o más bien, escritorio. Al entrar, no se veía más que una gran tabla apoyada sobre dos caballetes y unos ordenadores que parecían estar conectados por docenas de cables desplegados en todas direcciones. Superado el efecto sorpresa, se distinguían también una cama, una mesilla y un armario.

—Parece que estamos en una serie de la tele —comentó Josh impresionado—: *¡Los expertos!*

—Te presento mi central de descarga —declaró con orgullo Axel—. Ilegal, claro.

Josh se sentó en la cama frunciendo el ceño.

—¿Necesitas tres ordenadores para descargar cosas? ¡Hasta yo lo consigo solo con uno!

—¡Claro que no! ¿Por quién me tomas? ¿Ves el *ordenata* del medio? —preguntó Axel, que entonces empezó a apuntar con el dedo a los objetos de los que hablaba, como una azafata explicando las instrucciones de seguridad antes del despegue—. Ese es mi ordenador principal… Los otros dos forman parte de él, pero… son invisibles. Como extensiones. El portátil de la izquierda funciona como espacio de almacenamiento y genera direcciones IP. ¡Y este de la derecha es mi proyecto… *top secret*! ¡La guía telefónica! De hecho, me divierto…

Josh miraba a Axel mover el brazo, pero su mente ya no estaba allí. Un suave hormigueo acababa de indicarle la proximidad de una puerta, el flujo no estaba lejos, lo sentía. Se pellizcó discretamente en el muslo para obligar a su mente a ahuyentar aquella incipiente conexión.

—¡Sí! ¿Qué?

—¡Eh, tío, vuelve! ¡No te distraigas!

—Solo pensaba. La dirección IP es lo que permite identificar un ordenador, ¿verdad? —preguntó Josh, molesto por haber sido pillado en flagrante delito de falta de atención.

—*Internet Protocol*. Es como la placa de matrícula de tu *ordenata*. Cualquier cosa que hagas con él, siempre se sabrá que eres tú. Excepto si toqueteas un poco…

—¿De dónde has sacado estos ordenadores?

—Los he recuperado por ahí, por unos pocos euros. Los desmonto, los vuelvo a montar, cojo pedazos de un lado y de otro…

—Debo decir que estoy impresionado. Mi hermana y yo nos contentábamos con aprovechar los ordenadores de mi padre cuando los cambiaba.

—Me las apaño, aunque te aseguro que todavía me queda mucho que aprender.

—Y hablabas de una guía telefónica *top secret* o de no sé qué historia…

La puerta se abrió de pronto. El padre de Axel les dirigió una breve mirada y volvió a cerrar.

—¡Lo siento!

El entusiasmo de Axel se había esfumado de repente.

—¿Tu padre? —dijo tímidamente Josh.

—Sí… Siempre hace eso. Entra sin llamar. Y ni siquiera saluda… ¡Qué imbécil! Además, no debería estar aquí. Para una vez que su cita en la oficina del paro caía un miércoles…

—No te preocupes, no pasa nada.

Axel parecía realmente enfadado por la llegada de su padre.

—Ya no me da vergüenza, pero aun así… Parece que ha bebido de más. Seguramente se desplomará en el sofá y roncará un par de horas, para variar.

Josh no sabía cómo reaccionar. La violencia con la que Axel hablaba de su padre lo incomodaba.

—Yo casi me voy, de todas formas. Oye, ¿quieres dormir en mi casa esta noche? —le propuso, un poco apenado por marcharse así.

La espontaneidad de la propuesta pilló a Axel por sorpresa.

—¿No tendrás problemas en casa?

—No, no te preocupes.

—Vale, genial. ¿Te importa si esperamos un cuarto de hora? Hasta que se quede dormido.

Josh, que acaba de levantarse, decidió volver a sentarse.

—Pero tendrás que avisarle, ¿no? Conozco a mi padre, no le gustará que el tuyo no sepa que te vienes a pasar la noche.

Axel reflexionó unos segundos.

—Vale. Ahora vuelvo.

Axel salió de la habitación. Josh escuchó la breve conversación sin entender del todo.

—Ya está. Le importa un pimiento. Lo único que quiere es dormir —anunció Axel con un gesto de desprecio.

Preparó unas cosas y las metió en su mochila. Cruzaron el salón para salir del piso. Sébastien Dutertre roncaba a pierna suelta. Josh no pudo evitar acercarse a él. Axel abrió la puerta y se volvió.

—¿Vienes, Josh? ¿Qué haces? ¿Quieres despertarlo o qué?

Josh no reaccionaba. Veía imágenes. Estaba fascinado. El padre de Axel estaba en pleno sueño... Su hijo aprendía a montar en bicicleta... y lo animaba con toda su alma...

Axel lo agarró del brazo para que se espabilase.

—¿Qué haces, Josh? ¿Estás bien?

Josh volvió en sí y por fin fue tras Axel.

—Seguro que la tele se quedará encendida durante horas —comentó Axel tan pronto como se cerró la puerta del apartamento—, pero si la apago, me arriesgo a que se despierte y cambie de opinión.

—Eres un poco duro con él, ¿no?

—¿Sabes, Josh? Creo que no te das cuenta de que no todo el mundo tiene la suerte de tener un padre como el tuyo... Mejor dejemos al mío donde está...

—Perdona, no quería... meterme en lo que no me importa.

*

Aquella noche, en la intimidad de la habitación de Josh, Axel le contó su historia. Cuando tenía nueve años, su madre decidió abandonarlos, a su padre, a su hermano, a su hermana y a él. Un día hizo las maletas y se fue. No hubo explicaciones.

Axel era el pequeño. Su hermano mayor tenía quince años y su hermana, trece. De la noche a la mañana, se habían quedado sin madre. Su padre estaba destrozado. Empezó a beber y, a partir de ese momento, las cosas se complicaron.

—¿Nunca la has vuelto a ver?

—Solo una vez.

Fue una mala experiencia. La mujer esperó a Axel una tarde a la salida del instituto. Estaba en 2.º de ESO. Conversaron un rato y Axel acabó preguntándole si podía ir a verla de vez en cuando. El silencio que obtuvo a modo de respuesta le rompió el corazón, una vez más.

—La preferiría muerta —confesó Axel, cuya cólera resurgía—. Perdona, no quiero decir eso, es solo que...

—No te preocupes. Entiendo lo que quieres decir.

Axel intentaba calmarse, pero las imágenes que cruzaban por su mente no hacían más que avivar su rencor. Su flujo se volvía cada vez más fuerte. Cada vez más fácil de alcanzar. Era tan fácil, solo tenía que dejarse llevar...

Josh se levantó de repente y se dirigió hacia el escritorio.

—¿Todo bien, Josh?

—Sí, sí, bien.

Había estado a punto de flaquear, de ceder a la tentación de escuchar los pensamientos de su amigo. El flujo lo había abordado sin que él lo hubiera decidido. No había podido controlarlo. Como un poco antes, en casa de Axel...

—¿Estás leyendo esto? ¿Qué es? —preguntó Axel cogiendo el ejemplar de *Los cuentos de Canterbury* que sobresalía por debajo del colchón.

—No, no... solo he leído un pasaje... del que había oído hablar... en un cómic.

Josh recuperó el libro y se levantó para colocarlo en su escritorio. De espaldas a su amigo, pensó en aquella pesadilla que no lo abandonaba desde que sabía que podía oír los pensamientos de la gente... y, en consecuencia, conocer lo que pensaban de él.

—Tengo que devolverlo, creo que ya está fuera de plazo... ¿Te apetece ver *Attack of the Killer Tomatoes*? —propuso.

—¿De qué hablas? ¿Una marca de salsa de tomate? —preguntó Axel, que no tenía nada de hambre después de la cena que les había preparado el padre de Josh.

—¡Ja, ja! ¡Es una peli! ¡Una película de culto!

—*¿El ataque de los asesinos de tomates?* ¿Peli de culto?

—*El ataque de los tomates asesinos.* Sí, es un clásico.

—¡Alucinante! ¿Y no tendrás *La revancha de los pepinos del espacio*? Creo que tampoco está mal. ¿O *El regreso de los calabacines vampiros*?

—Basta, basta. Cállate y prepárate para educarte un poco. ¡Ya empieza!

Josh colocó su ordenador portátil sobre un taburete entre su cama y el colchón que había dispuesto para Axel y apagó la luz.

—Por ser tú, te aviso de que no volverás a probar los tomates después de esto.

En ese momento se dio cuenta de que el internauta misterioso no se había puesto en contacto con él. Al contrario que las noches pasadas, se sintió aliviado.

La película no llevaba ni veinte minutos, pero Josh se estaba quedando dormido.

—¿Josh?

—¿Qué?

—¿Te duermes?

—Bah, sí. ¿Qué creías que hacía?

—Perdón...

—No pasa nada... ¿Qué pasa?

—Te preguntaba por qué te has... Bueno, por qué ahora te vemos menos... fuera de clase, quiero decir... Pasábamos más tiempo juntos antes de las vacaciones.

—Bueno, sí... Yo al menos voy a clase —replicó Josh, algo sorprendido por la observación de su amigo.

Cuando Axel pasaba la noche en el *ordenata,* cosa que sucedía a menudo, no asistía a clase al día siguiente. Josh se preguntaba cómo se lo tomaba su padre, pero desde que lo había conocido, lo entendía mejor.

—Tengo un montón de trabajo... El curso no es fácil, ¿no crees?

—Sí, es duro —aceptó Axel, a quien le costaba creer que Josh fuera tan estudioso como pretendía—. En todo caso, me da la impresión de que Chaïma también nota tu distancia...

—Venga, sería mejor que siguieras un poco la película, si no, no vas a entender nada...

Axel escrutó la cara de su amigo y, tras unos segundos de duda, se dijo que no valía la pena insistir. Se concentró en los tomates. Y Josh en sus pensamientos.

Josh sabía que Axel tenía razón. Hacía un tiempo que Chaïma y él se habían distanciado. Era culpa suya. Lo lamentaba, pero ¿qué podía hacer? ¿Hablar con ella? ¿Contárselo todo? Además, ¿qué sentía por ella en realidad? ¿Y ella por él? ¡Era tan complicado saberlo! No valía la pena darle vueltas...

Josh intentó disipar las preguntas que cruzaban por su mente concentrándose en la película. Axel se había girado hacia la pared y roncaba suavemente.

Apagó el ordenador, cogió un cómic y trató de no pensar en nada. Cada vez resultaba más difícil...

19

Los días pasaban inexorablemente, y Josh se instaló en una especie de rutina solitaria y esquizofrénica. Durante el día, era un estudiante de instituto, y el resto del tiempo se encerraba en su búsqueda interior y en sus experiencias extraordinarias.

Por la noche, sentado en su escritorio delante de aquel ordenador que no parecía querer darle una sorpresa, solía interrogar a su madre. Fijaba su mirada en la foto, como si pensara que, al concentrarse con todas sus fuerzas, conseguiría sondear sus pensamientos.

Una frase del internauta misterioso resonaba de forma particular en su mente: *«I have seen that once before»*. ¡Ya lo había visto antes! ¿Se refería a su madre? ¿Ella también había sentido el flujo? Sabía que tenía migrañas. ¿Y su milagrosa curación? ¿También tomaba el autobús a menudo? ¿O tal vez el metro? ¿Y qué sabía de esto su padre? Si su madre percibía el flujo, ¿nunca se lo había contado?

—¿Qué tal, Josh? —preguntó Cosimo llamando a la puerta entreabierta de la habitación de su hijo con suavidad.

El chico acababa de llegar del instituto y había subido directamente a su cuarto.

—¿Josh? —insistió Cosimo.

Empujó la puerta y entró. Josh estaba sentado en su escritorio.

—¿Josh?

Josh se giró, devolviendo a su lugar con disimulo la foto de su madre.

—Sí, ¿qué pasa?

—Tengo que llamar al centro de radiología para la resonancia. Hace semanas que la receta anda rodando al lado del teléfono. ¿Prefieres que vayamos un miércoles por la tarde o un sábado por la mañana? —preguntó Cosimo, sentándose en la cama.

Aunque Josh era consciente de que ese día acabaría por llegar, la noticia lo pilló por sorpresa.

—Pues no sé muy bien... —titubeó.

No, ahora que sabía que el internauta misterioso no le había mentido, no podía traicionarlo. Y sus indicaciones habían sido claras: nada de resonancias; nadie debía saber que su cerebro no funcionaba como los demás. Aunque, ¿cuándo iba a contactar con él de nuevo?

—Papá, no tengo ganas de hacerme esa prueba —continuó—. Creo que puede esperar. He encontrado una página en internet en la que explican algunos ejercicios de relajación mental. Por lo que parece, son muy eficaces.

—Eso no impide que te hagas una resonancia —advirtió su padre.

—No, pero pienso que podemos esperar un poco. He empezado a hacer los ejercicios un rato cada día. Y creo que funcionan. Son muy relajantes.

—Mira, Josh, lo que te ocurre es serio. En realidad, pienso que no tenemos elección.

—Podríamos esperar, ¿no crees? —insistió Josh levantando la voz.

—¿Por qué te enfadas? ¡Esa prueba es por tu bien! Y ya lo habíamos hablado, ¿no? Ya sé que tendría que haber llamado antes...

—Escucha, intenta confiar en mí. Ya no tengo cinco años. Entiendo que te preocupes, pero creo que por ahora es mejor evitar la resonancia. En el caso de que tenga otra crisis de migraña, me haré esa prueba.

—No te entiendo, Josh.

—Por eso te pido que confíes en mí.

—Supongo que no puedo obligarte —concedió su padre—. Pero no entiendo por qué te alteras ni por qué estamos teniendo esta conversación. Y con las pesadillas que tienes últimamente...

Cosimo estaba lejos de imaginarse por lo que estaba pasando su hijo. Por un segundo, Josh consideró contárselo todo: el flujo, el internauta misterioso, las conexiones y sus progresos. No, no podía. Era imposible dar marcha atrás.

—¡Confía en mí, papá! Estoy bien.

Cosimo se sentía desamparado. Josh se sentó a su lado. Tenía remordimientos por hacer sufrir a su padre.

—Y tú, ¿qué? ¿Cómo estás?

—¿Qué quieres decir?

Cosimo giró la cabeza para mirar mejor a su hijo.

—Creo que estoy bien.

Josh había cambiado mucho en aquellos meses. Se estaba convirtiendo en un adulto. ¡Cosimo se sentía tan orgulloso de sus hijos! ¡Los quería tanto!

—En realidad estoy seguro de que estoy bien —matizó, con una ancha sonrisa dibujada en su rostro—. ¡Es posible que sea gracias a mis dos magníficos hijos!

—Lo cierto es que has tenido suerte —añadió Josh, aliviado al ver que su padre se reponía.

Cosimo se levantó y se dirigió a la puerta.

—¿Ordenas tu cuarto o vienes a ayudarme a hacer la comida? —preguntó antes de salir.

Josh se levantó y siguió a su padre sin protestar.

Antes de concentrarse en los fogones, Cosimo se plantó delante del armario de cedés del salón. No necesitó más de treinta segundos para encontrar lo que buscaba y el sonido de las guitarras saturadas de Dinosaur Jr. pronto hizo temblar las paredes de toda la casa. Josh conocía bien aquel álbum: *Where you been*. Era el disco favorito de su madre.

Cuando Cosimo se reunió con él en la cocina y sus miradas se cruzaron, Josh comprendió que su padre le estaba diciendo algo. A su manera. Él también la echaba de menos.

*

Hacía rato que había anochecido. Josh, en su escritorio, intentaba concentrarse en vano en su lección de Geografía. Como todas las noches, esperaba que la pantalla de su ordenador saliera por sí sola de su letargo y...

=*Are you there?*

=*I am.*

El internauta misterioso por fin había vuelto.

=*I don't have much time. First things first: you must erase your blog or at least all the passages where you describe your headaches, or anything related to the flow. I told you: nobody must know. You have to trust me.*

Parecía escribir otra vez con prisa. El corazón de Josh se aceleró.

El internauta le pedía que confiara en él y que fuera más discreto. Era cierto que, desde que no lo utilizaba, Josh ya no pensaba en su blog y en realidad no había pensado en borrar las entradas en las que describía los acontecimientos relacionados con el flujo.

=*Have you felt the flow yet?*

¿Lo había sentido? ¡Claro que sí! Pero ahora le tocaba a él hacer preguntas.

=¿Quién eres? ¿A qué viene tanto misterio? ¿Por qué nunca tienes tiempo? ¿Cómo voy a confiar en ti si ni siquiera me dices quién eres?

=Así son las cosas. Ahora ya sabes que no te he mentido. Si quieres mi ayuda, la regla es muy sencilla: ¡nada de preguntas!

Josh levantó el puño en un gesto de ira, pero reprimió el movimiento antes de golpear con violencia contra la madera de su mesa.

=Vale... ¿Qué hacemos ahora?

=En primer lugar, descríbeme exactamente en qué punto te encuentras.

=Ahora puedo sentir el flujo de cualquiera. Y siempre funciona. O casi siempre.

Josh se corrigió, ya que, si bien era cierto que podía conectarse al flujo de cualquiera, no siempre le resultaba igual de fácil. Dependía de la intensidad del flujo al que intentaba conectarse, así como de su propio nivel de cansancio.

=Desconectarse es más difícil. A menudo tengo que pellizcarme el muslo.

=Debes practicar.

=De acuerdo.

=Bien. No podré contactar contigo durante un tiempo, así que atiende: si de verdad quieres librarte de tus migrañas, tendrás que dominar totalmente el flujo. Y solo existe una manera de conseguirlo: necesitas llegar más lejos, no quedarte en la superficie sino penetrar en el cerebro al que te conectes. Tienes que aprender a viajar sobre el flujo.

=¿Y eso qué quiere decir?

=Sigue entrenando. Un día sentirás otra cosa.

El misterioso internauta le explicó a Josh que el flujo no era ni más ni menos que la actividad eléctrica del cerebro. Sentir el «*flow*» era una cosa, pero para lograr vencer de una vez por todas sus migrañas, necesitaba llegar a formar parte de ellas. En la superficie, se oían los pensamientos de la persona a la que uno se conectaba, pero, si se profundizaba un poco, se penetraba en lo demás, millones de caminos que conducían a todos los recuerdos, a todas las imágenes que un cerebro registra y clasifica para siempre. Josh debía alcanzar este grado de destreza.

=*Do you understand?*

=*I think I do.*

Josh recordó las imágenes que había visto en el flujo del padre de Axel. Casi lo había olvidado...

El internauta, tras insistir de nuevo en la necesidad de que dominara el flujo, le advirtió: hurgar en un cerebro ajeno podía resultar duro, incluso peligroso. Nunca se sabía lo que se iba a encontrar. No obstante, era la única manera de evitar aquellos terribles dolores que lo obligaban a aislarse del mundo y a sufrir en silencio.

Josh estaba muy atento, pero una pregunta lo atormentaba. ¿Había conocido el internauta a su madre?

=*Did you know my mother?*

=*I will contact you. Remember: you have to master the flow.*

La ventana se cerró.

*

Hacía dos horas que la pantalla del ordenador se había detenido, y Josh le daba vueltas y vueltas a lo que había escrito su misterioso interlocutor. No quedarse en la superficie, penetrar en el flujo, encontrar los caminos que llevaban al fondo del cerebro. La frustración y la excitación que sentía no hacían más que aumentar y, en aquel punto de la noche, nada parecía poder alejar la idea que surgía en su cabeza desde hacía más de una hora.

Se levantó y dedicó unos segundos a hacer balance. Estaba agotado, pero no confiaba en que le viniera el sueño; no podía pensar en otra cosa. Escuchó los ruidos de la casa. Silencio. Y oscuridad. Cogió su linterna y salió de puntillas de la habitación.

La luz de la linterna le permitió entrar y desplazarse por la habitación de su padre sin chocar con ningún mueble.

Cuando se sentó, el cuero de la butaca crujió ligeramente. Apagó la linterna. Cosimo, que dormía a pierna suelta, no se dio cuenta de nada.

Josh dudaba. ¿Y si su padre se despertaba? Se lo contaría todo. Al fin y al cabo, tal vez sería lo mejor. Josh necesitaba respuestas. El riesgo valía la pena.

Se concentró y se dejó ir; el flujo estaba ahí.

Su padre estaba sentado en una silla, en el escenario. La sala no era muy grande, pero estaba repleta. Cosimo y su guitarra frente a cientos de personas; qué locura. Aunque no conseguía identificarla, la canción que su padre interpretaba no le resultaba desconocida.

Josh estaba al fondo de la sala, con el público de espaldas a él. Poco a poco, empezó a desplazarse. Era extraño. Por una parte, porque, por más que avanzaba, el escenario no parecía estar más cerca, y por otra porque las personas no tenían rostro. Solo eran formas en la oscuridad. Una imagen se le apareció de pronto. Una calle. No era en Poitiers. Otra. La cocina. Luego, él mismo en el coche, volviendo del instituto, el día de la prueba común y de su enorme migraña. Una más. El traslado de Julia a su estudio. Después Central Park. Su madre. Estaba en el flujo. Lo sentía. Otra imagen: su madre con un bebé en brazos. Julia. Las imágenes desfilaban unas tras otras. La casa de sus abuelos en Boston. Josh se paseaba por los recuerdos de su padre. Un hombre de traje negro con aspecto solemne. Una playa. Sus padres besándose. Las imágenes empezaron a desfilar con mayor rapidez. Su abuela llorando. Central Park bajo la nieve. Julia y él jugando con el Lego. Su madre de repente mucho más joven. El puerto de La Rochelle. En realidad, ahora a Josh no le daba tiempo a ver las imágenes. Un aeropuerto. Jenny adolescente. Aquello iba demasiado rápido. Una fiesta. Jenny bailando. Una habitación muy oscura. Gente bien vestida reunida en una playa. El reflejo del rostro de su padre en un espejo, con la mirada triste. Había que disminuir la velocidad, recuperar el control. Su abuelo hundido. Tenía que salir. Julia llorando, sola en su habitación. Su abuela llorando de nuevo. Salir. La playa. Su madre alterada...

La oscuridad. El silencio.

Josh estaba empapado. Tenía calor y le faltaba el aliento. Pero había conseguido salir de allí, regresar a la superficie. Sus manos se aferraban a los reposabrazos del sofá. Trató de relajar los músculos.

Tenía la sensación de haber atravesado un túnel sentado al volante de un coche de carreras. Un túnel muy oscuro, repleto de pantallas de televisión sobre las cuales había visto recuerdos, imágenes, momentos de vida grabados en la memoria de su padre. Algunos muy tristes y otros plenos de felicidad.

El flujo lo había absorbido por completo.

El radiodespertador le indicó que el viaje había durado casi media hora. No había sentido pasar el tiempo.

Tenía que regresar a su habitación antes de que su padre se despertase. Intentó levantarse, pero sus brazos y piernas flaqueaban. Su cuerpo necesitaba tiempo. Lo que acababa de vivir era extraordinario. Inimaginable. Y estaba exhausto.

Josh permaneció unos veinte minutos así, en la oscuridad. Y en silencio.

Cuando volvió a encender su linterna y salió discretamente, se dijo que su padre quizá seguía en el escenario. Esto le hizo sonreír.

En el pasillo, que en aquel momento le pareció interminable, sintió que las fuerzas lo abandonaban. A pesar de todo, consiguió alcanzar su habitación, pero cuando franqueó la puerta, una inmensa fatiga se apoderó de él. Estaba aplanado. Todo fue tan repentino que a punto estuvo de desplomarse. Por suerte para él, se interpuso su cama.

Su cuerpo pesaba una tonelada. Hasta se le cerraban los párpados.

Antes de hundirse del todo, unas imágenes regresaron a su mente. Las lágrimas se deslizaron sobre su almohada.

Durante unos minutos de aquel increíble viaje, se había reencontrado con su madre.

20

Sábado 24 de abril de 1999, 9.15 h, Nueva York

Kyle, aún en albornoz, se sirvió una taza de café y encendió la radio. Las elecciones presidenciales ocupaban todo el espacio mediático desde hacía meses y el resto del mundo no existía.

Tras tomarse el café, se sentó al piano y, mientras seguía escuchando al candidato explicar su programa, revisó algunos clásicos.

Avanzada la mañana, conectó el móvil y vio que tenía un mensaje de voz. Una secretaria del Departamento de Medicina de la Universidad de Yale le rogaba que la llamara. Tenía que ver con el profesor Cooper y su colega Jenny Gambo.

¿Obtendría nuevas pistas?

El teléfono sonó antes de que le diera tiempo a llamar.

—*Hello?*

—Buenos días. Disculpe que le moleste. Me llamo Laura Finoley y trabajo en el centro de personas sin hogar de Boston. Ayer encontramos a un hombre. No está bien y no habla. Lo único que ha sido capaz de hacer es entregarnos su tarjeta de visita...

—¡El profesor Cooper!

Solo podía ser él. Estaba vivo. ¡Qué alivio!

—¿El profesor Cooper? Bueno, por desgracia no puedo confirmarle que sea él, pero... si fuera tan amable de pasar por el centro...

—Claro. Estoy en Nueva York… Llegaré ahí dentro de cuatro horas, quizá un poco más…

—No nos moveremos.

Después de colgar, Kyle se vistió y preparó a la carrera una bolsa con una muda y un neceser.

*

Sábado 24 de abril de 1999, 15.25 h, Boston

Kyle estiró los brazos para relajar su columna vertebral. Tenía la espalda hecha papilla. La joven que acababa de abrirle la puerta del albergue desapareció por un pasillo. Reapareció menos de tres minutos más tarde para conducirlo al despacho de la doctora Laura Finoley.

—*Come in!*

—*Hi, I'm Kyle Chester.*

—*Pleased to meet you, Mister Chester. I'm Doctor Laura Finoley, but I guess you know that already.*

—*Pleased to meet you too. How is he?*

El paciente estaba muy cansado. Lo habían recogido durante la noche, congelado, cerca de los muelles de embarque de la marina mercante.

—*Are there any relatives we could contact?*

—*No. I'm afraid not.*

No, el profesor Cooper no tenía familia. Kyle era probablemente la única persona que se preocupaba por él. Laura Finoley lo acompañó hasta su habitación. El profesor estaba dormido. Parecía muy enfermo.

Kyle pidió quedarse un momento a solas con él, sin saber con certeza por qué. Solo sabía que nadie más lo haría. La situación le pareció de una tristeza infinita.

*

Después de pasar por el hotel para dejar su bolsa, Kyle salió a tomar el aire por los muelles.

El profesor Cooper no se recuperaría jamás... Las cenizas de Jenny Gambo habían sido esparcidas en una playa y la familia empezaba su duelo. ¿Qué pintaba él? ¿Detrás de qué corría en realidad?

Quizá Helen tenía razón. Él solía repetir que tenía ganas de una relación estable, que deseaba construir algo, pero al mismo tiempo, hacía todo lo posible para que eso no sucediera.

Sentado en un banco bajo las estrellas, pasó un buen rato contemplando como un niño los enormes barcos atracados. Algunos de ellos se disponían a cruzar el Atlántico para llegar al Viejo Continente.

Mientras continuaba su paseo, con la cabeza más serena por las promesas del océano, pasó por delante de un *pub* y se dejó tentar; un cantante local interpretaba el repertorio de Johnny Cash.

El joven artista tenía talento. Kyle se tomó unas cuantas cervezas y permitió que las palabras familiares del hombre de negro reavivasen los recuerdos de una vida que ni siquiera estaba seguro de haber vivido.

21

Domingo 25 de abril de 1999, Boston

Kyle cogió la silla y la acercó a la cama. El profesor estaba sentado, con la mirada perdida.

—*Doctor Cooper? It's me! Kyle! Kyle Chester.*

El profesor cerró los ojos. Parecía estar concentrado en su respiración. Su rostro se torcía en una mueca de dolor.

—*... help... grkk... the truth... fffr...*

Kyle se apresuró a sacar su cuaderno para transcribir esta llamada de ayuda.

—Quiero ayudarle, profesor, pero necesito que me dé algo. Nombres, por ejemplo. Algo. No puedo hacer nada si...

—*... pharmacorpten... grrr... the... liars... fffr... they... did it...*

Kyle anotaba todo lo que lograba entender. «Pharmacorpten, los embusteros, lo hicieron». Por fin tenía un nombre. Parecía el nombre de un laboratorio farmacéutico. Y había hablado de «la verdad».

—¿Profesor? ¿Qué ocurrió en el hospital después de mi marcha? ¿Qué quería la CIA de usted?

No se produjo ninguna respuesta.

El momento de lucidez del profesor Cooper había pasado. De nuevo fijaba la mirada en la pared, con una cara inexpresiva.

*

Tras almorzar en la ciudad, Kyle regresó a su hotel y buscó en su teléfono el mensaje que le había dejado la víspera una secretaria del Departamento de Medicina de la Universidad de Yale. Lo escuchó de nuevo y pulsó la tecla de llamada.

—*Hello?*

—Buenos días, mi nombre es Kyle Chester. Ayer me dejó un mensaje. No he podido llamarla antes. Lo siento...

—Sí..., sí, señor Chester...

La secretaria parecía incómoda.

—¿Hay algún problema?

—No, no, bien..., sí. He recibido una llamada esta mañana. Por lo que parece, usted ya no trabaja en el caso Cooper-Gambo y... me han prohibido formalmente transmitirle ninguna información... Lo siento mucho.

—¿Quién la ha llamado?

—Lo siento de veras. No quiero problemas...

La joven colgó.

¡La CIA había intervenido su teléfono! ¡Cabrones!

22

«¡Qué alegría!», suspiró para sus adentros Josh al cerrar la puerta del coche. Ir de compras su tarde de vacaciones... Aunque, bueno, aquello complacía a su padre...

Cosimo accionó el contacto y el *riff* del bajo de *Waiting Room* de Fugazi enseguida empezó a hacer vibrar el salpicadero. Josh se vio obligado a bajar el sonido; no oía los pensamientos...

Al acabar la jornada, todos los alumnos de su clase, o casi todos, se habían reunido delante de las rejas del centro. Pero estaban de vacaciones, y el grupo se dispersó pronto.

Josh había quedado con Axel para planear su viaje y para desearle buenas vacaciones de Navidad a Chaïma, a la que había visto alejarse con Nino, su vecino. Esto le dejó un regusto amargo en el fondo del corazón. Se había pellizcado el muslo, pero la punzada de celos que sintió no había obedecido a las mismas leyes que le abrían las puertas del flujo.

—¿Axel está listo? —preguntó Cosimo, que esperaba que el semáforo cambiase a verde y que su hijo emitiera por fin algún sonido.

—Sí. Está preparado. Y muy contento, creo...

Cuando Josh le propuso que fuera a pasar con ellos una semana a la montaña, primero Axel había declinado la invitación, convencido de que su padre no tenía el dinero necesario ni la menor gana de complacerlo. Pero se equivocaba en un punto. Y en cuanto al otro, se podía arreglar, le aseguró Cosimo al padre de Axel cuando este lo llamó.

—Tus abuelos llegan mañana a las tres de la tarde. Iremos a buscarlos a la estación, y después, si no están demasiado cansados, podríamos dar una vuelta por la ciudad. Aunque, después del avión y del tren...

Cosimo continuó su monólogo y Josh giró la cabeza hacia la ventana, como para esconderse mientras pensaba. Sus abuelos llegaban al día siguiente... Los padres de su madre. ¿Sabrían algo?

—¿De quién heredó mamá sus migrañas?

Cosimo, un poco sorprendido por la pregunta, se interrumpió, al comprender que su hijo no lo estaba escuchando desde hacía un rato.

—De nadie, creo... Pero si quieres estar seguro, mañana podrás preguntárselo a tus abuelos...

—¿Y cómo estaba cuando se curó?

—¿Qué quieres decir?

—No sé... ¿Qué cambió?

—Pues ya no tenía crisis... No sé muy bien a qué te refieres...

—No, es solo que... me pregunto si los ejercicios que hacía... se parecían a los míos. ¿Entiendes?

—Lo siento, hijo. Nunca supe en qué consistían —reconoció Cosimo, que recordaba que a Jenny no le gustaba hablar de ello—. Lo que hacía en el trabajo, con el profesor Cooper, prefería dejarlo en Yale. Esos ejercicios que haces, ¿cómo son exactamente?

—Bueno, es una especie de... meditación... —empezó a improvisar Josh—. Te concentras en una idea, en una imagen... y no piensas en nada más. Un poco como el yoga..., ¡yoga del cerebro! ¿Entiendes?

—Creo que sí..., más o menos.

—En todo caso, los hago un rato cada día. Me siento mejor. ¡De verdad!

A Josh no le gustaba mentir a su padre, pero, a decir verdad, no se imaginaba confesándole en aquel instante que desde hacía un tiempo, para perfeccionar su destreza con el flujo, se dedicaba a curiosear en sus recuerdos por la noche, cuando la tentación de ver a su madre se volvía tan intensa que no podía esperar delante del ordenador a que alguien del que no sabía absolutamente nada se pusiera de nuevo en contacto con él.

—¿Recuerdas nuestro trato? A la menor crisis, te someterás a una resonancia, como nos indicó el médico.

—¡Sí, no te preocupes! No lo he olvidado. Y… gracias otra vez por confiar en mí.

Cosimo apagó la radio y empezó a dar vueltas por el inmenso aparcamiento del centro comercial, lleno hasta la bandera.

—Sé que ya no eres un chiquillo —le soltó a su hijo cuando por fin apagó el motor.

Intercambiaron una mirada y Cosimo salió del coche.

Josh no pudo evitar sentirse culpable. Aquella confianza que su padre le concedía, no se la merecía.

Tan pronto como pudiera, se prometió a sí mismo, se lo contaría todo.

Pero aún no había llegado el momento.

*

Al entrar en el hipermercado, Josh sintió el flujo como nunca antes. La onda que planeaba a su alrededor era sencillamente gigantesca. Se dejó acariciar unos instantes por la especie de magma invisible que lo rodeaba, y después, cuando sintió que su fuerza estaba a punto de absorberlo, cortó la conexión. No necesitó pellizcarse el muslo y experimentó una gran satisfacción.

Desde hacía un tiempo, sentía que el hormigueo que precedía a las conexiones procedía de su cerebro, que no formaba parte del flujo.

En alguna parte de su cráneo se entreabría una puerta, y aunque no siempre lo conseguía, empezaba a saber cómo controlarla. Permitía que se entornase un poco, y luego, agarrando el picaporte, tiraba hacia él para volver a cerrarla. Transcurridos unos minutos errando al lado de su padre por los pasillos de la tienda, Josh dejó que la puerta se abriera y asomó la cabeza al otro lado para ver qué se encontraba.

... se me olvidaba comprar los panecillos para las tostadas, tengo que volver atrás... ¿mostaza? Creí que la había apuntado. Qué raro, estoy seguro de que no hay... ***bombones para los viejos y ya está, me largo, no puedo más, esto parece la feria de los pingüinos...***

La tienda estaba a punto de reventar. Cosimo se concentraba en su lista de la compra intentando ser eficaz en sus desplazamientos. Cada metro recorrido debía resultar útil. Miraba a su hijo de vez en cuando, con el rabillo del ojo. Josh lo seguía, pero no parecía estar totalmente con él. ¿En qué estaría pensando? ¿En Chaïma? ¿En las vacaciones? Seguro que era mucho más interesante que el pan de molde o el queso rallado, en todo caso...

... que no me olvide de coger alguna tontería para el hijo de Henriette, es un chico, le compraré un juego de construcción... cuando pienso que serán cuatro, me deprime, un día tendré que dejar de imponerme estas estupideces... ***¿el salmón ahumado? ¡Ya no queda! ¡No es posible! ¿Es una broma? Cualquiera diría que estamos en Navidad...***

Josh se volvió sin pensarlo.

—El salmón lo han colocado a la entrada de la tienda.

El hombre que tenía delante lo miró incrédulo, con los ojos como platos.

—Gracias —acabó por decirle, antes de dar media vuelta con su carro.

Josh buscó a su padre con la mirada. Estaba a unos metros; comparaba los paquetes de pan de molde. Josh caminó hacia él pensando en la cara que había puesto el hombre cuando se dirigió a él con aquella información. Parecía haber visto un fantasma. Era divertido...

—¡Cuidado, Josh!

—¿Qué?

Todos los rostros se volvieron hacia él. Se preguntó qué pasaba mientras seguía avanzando y, de repente, fue demasiado tarde. Un temblor de tierra sacudió el suelo a su alrededor y cientos de minúsculas latas de fuagrás rodaron por la tienda.

*

—¿Josh?

... estoy harto, voy a perder el control si esto no avanza más rápido... *ah, la magia de la Navidad...*

—¿Josh?

... espero que nadie lo haya pensado... *al final, no estoy seguro de mi decisión. ¿Y si no les gusta? Tal vez sea mejor hacer un pavo, como de costumbre...*

Josh volvió la cabeza.

—¿Otra pila de latas de conserva que quieras destruir o podemos irnos?

—¿Cómo?

—¿Quieres quedarte a dormir aquí?

—¿Hemos acabado?

—¿Hemos?

Acababan de pasar más de hora y media en el hipermercado, incluidos los veinte minutos que dedicaron a reconstruir la pirámide de latas de conserva. Cosimo solo esperaba que su hijo despertase para salir de aquella pesadilla.

—He acabado, quieres decir. ¡De verdad que necesitas descansar!

—¡Ya lo creo! —sonrió Josh, entusiasmado en su interior.

Sus progresos para viajar en el flujo eran evidentes. Una vez más, había realizado la experiencia en aquel lugar surperpoblado. Ahora podía seleccionar el flujo al que deseaba conectarse e impedir que los demás lo alcanzaran. E incluso había conseguido utilizar el flujo de una persona para alcanzar el de otra.

Al volver a pensar en el internauta misterioso que, a pesar de todos sus secretitos, lo guiaba en su aprendizaje, Josh recordó que se había olvidado completamente de hacer lo que le había pedido: borrar de su blog todas las alusiones más o menos relacionadas con el flujo.

Sería su primera tarea en vacaciones.

Nadie debía saberlo.

23

—Voy a estirarme un poco… Tengo las piernas y los brazos hechos puré —anunció Axel incorporándose como un anciano.

—Vale. ¿También quieres una tisana? —le preguntó Josh mirando cómo se alejaba.

—No le hagas caso, Axel, te mereces una pequeña siesta. Esta mañana lo has hecho muy bien, ¡bravo! ¡Y tú —continuó Cosimo dirigiéndose esta vez a su hijo—, lavarás los platos, sabelotodo!

—Estaba bromeando… —se rio Josh.

Hacía tiempo que Cosimo no veía a su hijo de tan buen humor. Percibía un poco de frivolidad, de despreocupación. Llevaban tres días en Formigueras, pero el aire libre había funcionado como cabía esperar.

—¿Otra vez te toca fregar los platos, hermanito? —se burló Julia al entrar en la cocina del chalé.

—No, no me toca. Es un placer participar en la vida de la colectividad. ¡Deberías probarlo!

—Te advierto que soy en gran parte la responsable de que te levantes harto de la mesa desde que llegamos. Así que te aconsejo que frotes con ganas. Y no olvides sacarles brillo a los vasos.

En efecto, desde su llegada, Julia había asumido con gusto la tarea de ayudar a Cosimo y a Cathelyn, su abuela, en la cocina. Siempre era un momento divertido, plagado de conversaciones anodinas que pronto derivaban en otra cosa.

Resultaba muy agradable tener a su familia alrededor, en aquella especie de burbuja blanca, llena de calidez, ternura y recuerdos compartidos. ¡Y estaba tan contenta de preparar algo que no fueran fideos chinos!

—Mi trabajo alcanza cotas extraordinarias —fanfarroneó Josh pasando el dedo por un plato inmaculado—. ¡Obra de un profesional! ¡Escucha este ruido!

No había duda, el plato estaba limpio.

Al pasar por delante de la sala de estar, media hora más tarde, Josh echó un vistazo en dirección a su abuelo: dormía plácidamente junto al fuego. Se podía leer la felicidad en su rostro. Dudó un instante, pero enseguida fue a sentarse a su lado.

Ahora sabía que ni él ni su abuela sufrían migrañas. Se lo había preguntado el primer día, en Poitiers, como si nada, por curiosidad. También intentó preguntarles por los ejercicios de relajación mental que había hecho su madre, como quien no quiere la cosa. No se había enterado de mucho más que con su padre. Su madre quizá tenía el mismo poder que él, pero nadie se había enterado. En todo caso, ni su marido ni sus padres.

Josh dejó que su cuerpo se relajara y que su mente descansase confortablemente en el respaldo del sofá. Sentado al lado de su abuelo se sentía bien. Por fin cerró los ojos y se dejó ir.

Enseguida reconoció el salón de la casa de Boston, que había visto a menudo en fotografías. Un enorme abeto ocupaba el lugar de honor cerca del ventanal. Era de noche, y las guirnaldas iluminaban la estancia. Había una niña pequeña sentada en el suelo, que animaba con sus gritos al bebé que gateaba a su lado por la alfombra. ¡Eran Julia y él! Cosimo y Jenny también estaban allí, igual que Adam y Cathelyn. De la escena se desprendía una sensación de bienestar absoluto.

Josh abrió los ojos para observar a su abuelo. Seguía durmiendo. Sonreía.

Interrumpió la conexión. Era suficiente.

Se levantó tratando de no hacer ruido y se dirigió al pasillo de puntillas. Estaba a punto de abandonar la sala cuando oyó estirarse a su abuelo.

—*Are you OK, grandpa?*

—*Never better! I think I've just had the most beautiful dream. I can't remember it though.*

El más maravilloso de los sueños, eso era exactamente, pensó Josh al ver cómo su abuelo volvía a dormirse tan rápido como se había despertado.

*

Axel y Josh habían decidido pasar su penúltimo día en las pistas.

—¡De hecho, bajarse del telesilla es lo más difícil! —exclamó Axel aferrándose al hombro de su amigo.

—No te equivocas —respondió Josh mientras lo ayudaba a recuperar el equilibrio.

—¿Nos vemos abajo?

—¡Por mí, vale!

El espectáculo era grandioso. El sol acariciaba la montaña, otorgándole ese aspecto irreal y majestuoso que maravilla incluso a las miradas más indiferentes. El ruido de los esquiadores y de los remontes ya no era más que un recuerdo lejano. Los dos amigos se sentaron y se perdieron en sus reflexiones.

—¿Le has escrito a Chaïma desde que llegamos? —preguntó Axel después de un rato. No paraba de preguntarse qué ocurría entre ellos desde hacía un tiempo.

—No.

—¿Ni siquiera le has enviado una miserable foto?

—No, pero no pasa nada. ¿Y tú?

—Oh, preguntaba por preguntar...

El tema era delicado.

—Últimamente la veo menos —murmuró Josh—. Solo es eso...

—Creía que erais amigos íntimos —se arriesgó a apuntar Axel—. Al principio del curso, por lo menos...

—Sí, sí, es cierto..., pero las cosas cambian... sin saber bien por qué...

Era culpa suya, lo sabía. Y la echaba de menos. El secreto que guardaba desde su primer contacto con el internauta misterioso empezaba a convertirse en una auténtica carga. Lo alejaba de Chaïma. Y de su hermana y su padre también. En cierto modo, lo alejaba de todo el mundo.

La mirada de Axel se había perdido más allá de las cumbres.

—En todo caso, gracias por invitarme. ¡La montaña es genial! ¡Y casi no echo de menos mis *ordenatas*! Nunca lo habría imaginado...

Josh soltó un suspiro de aprobación. Él también se sentía feliz de haberse alejado por fin de su ordenador... Recordó sonriendo el día del principio del curso. Axel le había parecido tan lejos de él, tan diferente... Ahora era la persona con la que estaba más a gusto.

—Aún no me has explicado lo de tu guía telefónica...

Axel esbozó una sonrisa y encendió un pitillo.

—Lo intenté una vez, no sé si te acuerdas, pero no pareció apasionarte.

—Sí, claro que me interesa. ¡Es solo que no necesito una explicación demasiado técnica!

—¡Vale! Te daré una segunda oportunidad. ¡Pero, atención, será la última! —le advirtió Axel antes de empezar su explicación.

—¡No entiendo absolutamente nada! —lo interrumpió Josh al cabo de dos minutos, avergonzado.

—Bien, lo haremos más sencillo. Hoy en día, todo el mundo, o casi, tiene un ordenador y un *router*, ¿de acuerdo? Y a cada ordenador le corresponde una dirección IP única. ¿Lo entiendes?

Josh balanceó lentamente la cabeza de arriba abajo. Hasta ahí, lo seguía.

—Desde mi *ordenata*, capto las señales wifi de los *routers* de mis vecinos. Tú también desde tu casa, ¿verdad?

—Sí, sí. Sé a lo que te refieres. Hay pequeñas cerraduras...

—Sí. Pues bien, gracias a un simple programa, elijo un *router* y le envío un comando *ping*.

Josh ya no asintió.

—Entonces recibo automáticamente un mensaje de respuesta, el *pong*, que incluye la dirección IP del ordenador del propietario del *router*. ¡Mi querido vecino! Y a partir de ahí, te ahorro los detalles, tras algunos apaños, puedo entrar en el *ordenata* y...

—¿Bromeas? ¿Puedes entrar en el ordenador de cualquiera de tus vecinos?

—Sí —reconoció Axel con orgullo.

—¡Pero eso es algo serio!

—Tranquilo, no hago nada malo... En realidad, no curioseo. Solo me divierto catalogando los ordenadores que están a mi alrededor...

—¡Pero eso está prohibido! ¿Para qué sirve si no es para espiarlos? ¡Violas su intimidad! ¿Te imaginas si te lo hicieran a ti?

—Es solo... para aprender a hacerlo. Nunca he pretendido espiarlos...

—¿Solo para aprender a hacerlo? ¡Estás completamente chalado! Podrías meterte en un buen lío, ¿sabes?

—Sí, puede ser —reconoció tímidamente Axel, que no entendía el enfado de su colega—. Aunque... es un pasatiempo como otro cualquiera —intentó justificarse.

—¡Si tú lo dices!

—¡En todo caso, no te preocupes! Soy prudente. No se lo he contado a nadie... Eres el único que lo sabe.

—¿Ya has curioseado en las carpetas de mi ordenador? —no se resistió a preguntar Josh.

—¡Por supuesto que no! ¿Por quién me tomas? ¿Es eso lo que piensas de mí? ¿Crees que fisgonearía en tus asuntos para espiarte?

—No, claro que no... Perdona, no sé por qué te he preguntado eso. Lo siento, soy imbécil.

El silencio de la montaña, tan tranquilizador minutos antes, ahora pesaba con toda su intensidad sobre los hombros de Josh. Axel le confiaba un secreto y él le gritaba. ¿Y aquel enigma? Esa guía telefónica. No era nada comparado con lo que él hacía. Leía los pensamientos de las personas con las que se cruzaba. ¿Acaso les pedía permiso? ¡También fisgoneaba en sus recuerdos! ¡Y en los de su padre! ¡Sin que él lo supiera! ¿Y para qué? ¿Para no tener más migrañas? ¿Y luego qué? ¿El flujo? ¿Qué se suponía que hacía?

—¿Estás bien, Josh? —se inquietó Axel, que observaba cómo se iba descomponiendo la cara de su amigo—. Nunca había pensado en ello... tal vez tengas razón...

Josh levantó la cabeza y fijó su mirada en la de Axel.

—Yo también tengo que contarte un secreto —acabó diciéndole tras dudar un momento—. ¡Agárrate, que es fuerte!

*

Las luces estaban apagadas y el chalé había quedado sepultado durante la noche bajo una espesa capa de nieve. Se oían ronquidos aquí y allá, y, si se escuchaba con atención, dos vocecitas apagadas que susurraban en la oscuridad cómplice.

—¿Y a un profe durante un examen? ¿Lo has intentado?

—No.

—¿Y a Chaïma? ¿Para saber si..., para saber si le gustaría salir contigo?

—¿Estás loco o qué? Nunca haría eso. Sería como leer su diario. Qué digo, sería mil veces peor. Y además... olvídalo. Venga, para ya. No puedo más, quiero dormir.

Axel, que había tardado en convencerse —Josh tuvo que hacer un gran esfuerzo y conectarse a su flujo varias veces—, ahora multiplicaba los escenarios y las sugerencias de todo tipo.

—Vale. Yo también estoy que me caigo —murmuró volviéndose en la cama un poco ofendido—. Buenas noches.

—Buenas noches —respondió Josh, con una sonrisa en los labios.

—¿Y en el Trivial Pursuit? ¿Te imaginas?

—¡Si vuelvo a oírte una vez más, Axel, rompo mi promesa y desentierro tus secretos más bochornosos y creo un blog con ellos! ¡Buenas noches!

—Buenas noches.

Unos cuantos minutos más tarde, mientras reflexionaban cada uno por su lado, muy lejos de las puertas del sueño, fue Josh quien rompió el silencio.

—¿Axel?

—¿Qué?

—Puedo confiar en ti, ¿verdad?

—Sí, no te preocupes —lo tranquilizó su amigo—. Pero aun así ten cuidado. ¡Si llego a enterarme de que has escuchado mis pensamientos, más fantásticos unos que otros, es cierto, curiosearé en tu ordenador y haré una lista de todas las páginas raritas que has consultado a escondidas! Y yo también haré un blog...

Josh, ya tranquilo, se dio la vuelta y cerró los ojos.

No debía de ser fácil estar al lado de alguien que podía leer tus pensamientos más íntimos, solía pensar Josh desde que había aprendido a dominar el flujo. Había que confiar en él de verdad.

¿Sería él capaz de hacerlo? No estaba seguro del todo.

24

—¿Qué? ¿Has encontrado algo?

—No.

Hacía ya un rato que Axel estaba sentado en el escritorio de Josh e intentaba hacer hablar al ordenador. Josh, tras empezar a hacer sus deberes de la semana, se había ido a correr más o menos una hora. Salía de la ducha y su estómago le lanzó llamadas de socorro.

—¿Tú tienes hambre? —preguntó sentándose en la cama.

—Sí.

—¿Haces una pausa y comemos algo?

—Sí.

—¡Oh, mírame!

Axel se volvió hacia Josh.

—Tu rostro empieza a pixelarse... Vamos, una buena pizza congelada nos espera abajo.

Axel cerró una ventana, luego otra y despegó el culo de la silla en la que llevaba horas sentado.

Cosimo se había ido a París el fin de semana. Hacía frío y el cielo estaba gris, el tiempo ideal para quedarse en casa... y seguir las huellas que hubiera podido dejar el internauta misterioso en el ordenador de Josh.

A su regreso de la estancia en la montaña, con Axel, hablaron sin parar del internauta y del flujo. Axel no dejaba que probase con él y cuando, sobreexcitado, le propuso a Josh ir a analizar su ordenador, este no lo dudó. Para Axel, la caza del internauta misterioso era la ocasión soñada de poner sus capacidades al servicio de una causa. También se sentía feliz por poder ayudar a Josh, con quien había fortalecido los lazos de amistad.

—Por cierto, mis abuelos te mandan saludos. Ayer me enviaron un correo electrónico.

—Diles que he hecho muchos progresos con el inglés. Sobre todo gracias a las historias de tu abuelo. Me llegué a creer que de verdad había visto a Jimi Hendrix...

—Por supuesto que sí.

—¡Cuando pienso que, si quisieras, podrías pasar el verano en Estados Unidos!

—Te recuerdo que tú también estás invitado.

—Si tuviera dinero, ya me habría comprado el billete... Es una de las primeras cosas que haré en el futuro, cuando tenga un trabajo y me gane la vida.

—Y me invitarás a tu *jet* privado —concluyó Josh devorando su última porción de pizza—. Trato hecho.

Axel se levantó y sacó dos yogures del frigorífico.

—De todas maneras, creo que no eres consciente del poder que tienes... Yo, en tu lugar, ya habría buscado una mesa de póquer y habría conseguido el dinero suficiente para marcharme adonde quisiera.

—Claro —se rio Josh—, salvo que estamos en Poitiers, no en Las Vegas.

La velada fue larga y dedicada al estudio. Josh nunca había visto a Axel tan concentrado. Frente a un ordenador, parecía olvidarse de lo que lo rodeaba. Valía más no molestarlo demasiado.

Cuando Josh sintió que se quedaba sin fuerzas para mantenerse despierto, preparó la cama plegable y anunció que se iba a acostar. Axel murmuró unas palabras sin que sus dedos ralentizasen su frenética carrera sobre el teclado del ordenador. Las ventanas se abrían, se cerraban...

Hacía rato que Josh había renunciado a intentar comprender lo que pasaba, así que enseguida cerró los ojos. Su amigo estaba en su mundo, al otro lado de la pantalla.

*

Josh fue el primero en despertarse. La luz del día llevaba un tiempo filtrándose a través de las persianas. Se levantó sin hacer ruido; la respiración de Axel indicaba que todavía dormía profundamente. Tras pasar muy rápido por el cuarto de baño, salió de casa y se dirigió al puente Joubert.

Hacía casi dos meses que el internauta misterioso no se había manifestado y Josh comenzaba a temer que su segunda conversación con él hubiera sido la última. Sin embargo, le había escrito algo al final de su charla que daba a entender que contactaría con él de nuevo. No conseguía recordar exactamente de qué se trataba, y eso lo enfurecía.

Al salir de la panadería, por poco choca con el Caminante. Empezaba su ascensión por la Grand'Rue. Hacía mucho que no se cruzaba con él. Josh observó cómo avanzaba hasta desaparecer de su campo visual.

*

—¡Genial! —babeó Axel al contemplar la mesa de la cocina.

—¡En nuestra casa, los cruasanes son para quien se los merece!

Axel se había peleado con la máquina hasta las tres de la mañana, y Josh casi había acabado sus deberes. Se sentaron y empezaron a devorar su recompensa.

—Quiero conectarme al flujo del Caminante —anunció Josh tras engullir su primer bollo.

—¿Que quieres conectarte al flujo del Caminante…?

—Tengo muchas ganas de saber.

—¿De saber qué?

—Saber de dónde viene, su historia, lo que le ha traído aquí donde está ahora.

—¿Eso no va contra tus principios? ¿No te acuerdas de cierta lección de moral en medio de la montaña? ¿La intimidad de la gente, el espionaje, la privacidad y todo lo demás? ¿Acaso lo entendí mal?

—No, no… —reconoció Josh, que era consciente de que Axel tenía razón—, entendiste bien. El Caminante… ¡es una excepción! La curiosidad gana. ¿Te apuntas?

—No lo sé… De todos modos, no veo cómo podría ayudarte —confesó Axel dudando—. No creo que el Caminante tenga un ordenador…

—¡No te preocupes! Tengo un plan.

Josh, zampándose el último cruasán, empezó a explicarle a Axel cómo veía él las cosas.

*

Al final de la tarde, Josh oyó que Axel gritaba su nombre y subió la escalera a paso ligero.

—He conseguido encontrar algo con los datos que me diste. Tengo dos direcciones IP.

—¿Dos?

—¡Sí, dos! Quizá dos ordenadores diferentes. Así que seguramente se ha conectado desde dos lugares distintos.

—¿No podría ser el mismo ordenador en el mismo lugar pero que haga como tú? ¿Que cambie su dirección IP?

—¡Sí! Solo hay que remontarse a la fuente.

—¡Es fantástico! ¡Estoy seguro de que lo conseguirás!

—Eso espero —respondió Axel, que sentía hasta qué punto Josh contaba con él.

Josh escuchó las explicaciones de su amigo sobre cómo había hecho para encontrar las dos direcciones, aunque tuvo que confesar que no entendía nada. No importaba, esto no le impedía valorar la importancia de este descubrimiento.

—Está bien —había concluido Axel con un gesto de resignación—. Tú puedes leer los pensamientos; ¡tampoco se puede tener todo!

—Tienes razón, cada uno con su especialidad.

Pensaron un poco sobre el desarrollo de los acontecimientos y Josh comprendió que necesitaría paciencia. Luego hablaron de cómo se iban a acercar al Caminante. Axel se había dejado contagiar por la curiosidad de su amigo.

Pero el fin de semana tocaba a su fin. Cosimo no tardaría en regresar y Josh le había prometido que al llegar solo tendría que sentarse a cenar. Le dio a Axel una copia de los deberes que había hecho para los dos y se lo agradeció sinceramente.

Axel, mucho más tranquilo, volvió a su casa con los deberes en la mochila y, en su bolsillo, el pequeño trozo de papel en el que había anotado las direcciones IP que había encontrado. Su misión no había hecho más que comenzar. Era terriblemente excitante.

25

Lunes 26 de abril de 1999, Boston

—*Doctor Cooper? Are you taking a shower?*

La enfermera le pidió a Kyle que esperara en el pasillo. Unos veinte minutos más tarde, la puerta de la habitación se abrió.

—Puede entrar, ¡está limpio y como nuevo!

A Kyle le sorprendió la cara del profesor. Había recuperado el color. La diferencia con lo que había observado aquella misma mañana era impresionante.

—*You look a lot better, Doctor.*

El profesor no reaccionó. Estaba sentado en la cama, con la mirada perdida.

—Profesor, ¿qué es Pharmacorpten? He buscado durante horas en internet y no he encontrado ninguna pista. ¡Nada! ¡Ni una sola mención!

El profesor permaneció impasible. Kyle esperó unos minutos y luego, desanimado por el mutismo de su interlocutor, decidió despedirse.

*

Se detuvo en la recepción del hotel para comprobar si podía pasar otra noche. Luego se fue a comer algo a la ciudad antes de regresar al hotel para volver al trabajo. Al dejar Nueva York, se había preocupado de llevarse todo el informe Cooper.

Había registros de facturas telefónicas y de cuentas bancarias que revisar. No era la parte más apasionante de una investigación, pero sabía muy bien que este tipo de documentos a veces aportaban informaciones extremadamente valiosas.

Las facturas de teléfono no revelaron nada en absoluto. Las anotaciones bancarias, por suerte, resultaron un poco más esclarecedoras.

Lo primero que estimuló la curiosidad de Kyle fue una retirada de diez mil dólares efectuada días antes de la agresión de la que había sido víctima Leonard Cooper. No se había encontrado ni rastro del dinero.

¿Alguien le hacía chantaje al profesor? ¿A qué bolsillo había ido a parar esta suma?

Luego encontró el rastro de una transferencia de varios miles de dólares procedente de la misteriosa sociedad Pharmacorpten. Al revisar las cuentas de Leonard Cooper, Kyle se dio cuenta de que recibía dinero de esa sociedad desde hacía casi dos años. ¿Qué significaba todo aquello? ¿Quién le transfería el dinero? Y, sobre todo, ¿por qué?

*

A la mañana siguiente, cuando Kyle empujó la puerta de la habitación del profesor Cooper, se encontró una cama vacía. Abrió la puerta del cuarto de baño; nadie. Corrió al despacho de Laura Finoley.

—*Where is he?* —le preguntó.

—*What do you mean?*

—*He is not in his room.*

—*What?*

Laura Finoley corrió por el pasillo y se dirigió a la habitación número 11. En el cuarto vacío del profesor, le confirmó a Kyle que se suponía que Leonard Cooper no podía salir.

Al registrar la estancia con más atención, Kyle descubrió la nota sobre la mesilla. La escritura era complicada, pero fue capaz de descifrar el siguiente mensaje: «*It was my fault*». Un enigma más.

Kyle y Laura Finoley recorrieron las dependencias, pero no encontraron ni rastro del profesor. Al visionar la cinta de vídeo de la cámara de vigilancia de la entrada del centro, comprendieron que llevaban más de una hora de retraso. Leonard Cooper había abandonado el lugar ocho horas antes.

26

Las semanas pasaban y Axel aún no había conseguido llegar a la fuente de las dos direcciones IP que había encontrado en el ordenador de Josh.

No era por falta de intentos. Le dedicaba horas. Sin desanimarse. Según decía, hacía grandes progresos en piratería informática, lo cual reforzaba su optimismo. Era cuestión de tiempo. A veces, Josh se preguntaba si Axel sabía lo que buscaba. Él ya había perdido la esperanza.

Cada noche, en torno a las once, seguía sentándose ante la pantalla de su ordenador, como para provocar una llamada del internauta misterioso. Permanecía allí un cuarto de hora y después se metía debajo del edredón, decepcionado. ¡Tenía tantas preguntas que hacerle! ¿Quién era? ¿Dónde vivía? ¿Por qué sabía tanto sobre el flujo? Había conocido a alguien más capaz de conectarse, pero ¿a quién? ¿A su madre? ¿Y cómo se vivía con semejante don? El final del invierno fue muy duro para Josh. Tenía la impresión de que su vida había entrado en estado de hibernación.

Seguía conectándose al flujo, en el autobús, en la biblioteca. Pero cada vez resultaba más frustrante. Poseía el increíble don de leer los pensamientos, pero lo que de verdad deseaba saber le resultaba inaccesible. Se había hartado de escuchar banalidades en el transcurso de la conexión. Ya no se divertía. Necesitaba respuestas.

Cuando no era capaz de soportarlo, pasaba un cuarto de hora con su padre, en mitad de la noche, mientras él dormía a pierna suelta. A falta de poder interrogar a su madre, la veía un rato, con él, con su hermana.

Incluso el Caminante parecía obstinarse en fastidiarle. De hecho, desde que Josh había decidido conectarse a su flujo, apenas se cruzaba con él. O si lo hacía, era a las ocho de la mañana, justo antes de entrar en clase.

El plan consistía en seguirlo hasta su guarida y conectarse a su flujo mientras dormía. No iba a hacer novillos para seguirlo hasta el anochecer. No tenía necesidad de hacerlo.

El segundo trimestre había concluido con un balance más que discreto. Josh había obtenido unos resultados regulares, y las observaciones sobre su falta de atención en clase no ayudaban.

Cosimo intentaba comprender qué le ocurría, pero cada vez le costaba más comunicarse con su hijo. Se había entrevistado con la señora Piguel y con otros profesores, y todos ellos le habían soltado el mismo discurso: Josh pasaba más tiempo en la luna que con sus libros. Y solía descuidar el trabajo en casa, lo cual no le sorprendió demasiado.

*

Una noche del mes de marzo, al volver del instituto, Josh abrió la puerta de entrada y se cruzó con su padre, que parecía llevar un rato esperándolo.

—Josh, esta noche te invito a cenar fuera y después vamos al cine. ¿Qué te parece?

Josh, febril, bajó la cabeza y suspiró. Cosimo trató de mantener la calma.

—Papá, no creo que... Tu plan es genial, pero no me viene muy bien. Como tú dices, debo tomarme en serio el trabajo, y mañana tengo un examen de Español. Esta noche tengo que estudiar. Pero mañana...

—Está bien, de acuerdo —suspiró Cosimo, un poco más tranquilo—. Qué lástima, no tengo ganas de cocinar.

—Voy a correr un poco y después si quieres te ayudo. ¿Vale?

—Muy bien.

Josh subió a cambiarse. Tenía mucho tiempo por delante y muchos nervios de los que liberarse.

Tras meses de espera, el internauta misterioso lo había citado de nuevo. Por fin.

*

Eran las once. La ventana se abrió en la pantalla negra y las tan esperadas palabras por fin aparecieron.

=*Are you there?*

Josh inspiró con fuerza. Sí, estaba allí. Como lo había estado prácticamente cada noche desde hacía meses.

=*I'm sorry.*

Como excusa, sonaba un poco pobre, pensó Josh, que ya no soportaba tanto misterio.

=Si todo va bien, es la última vez que contacto contigo.

El enfado cedió el puesto al pánico. Las preguntas se acumulaban en la cabeza de Josh.

=¿En qué punto estás de tu aprendizaje? ¿Eres capaz de viajar por el flujo?

=Sí. Accedo a los recuerdos y a los pensamientos. Ahora me conecto y me desconecto sin problemas. ¿Por qué ya no quieres contactar más conmigo? ¡Te necesito!

=¡Lo que necesitas es dominar el flujo! ¡Eso es todo! Y si lo consigues, no me necesitarás más.

=¿Quién eres? Quiero saberlo.

=No lo olvides, debes continuar practicando y, sobre todo, nadie debe saber de lo que eres capaz.

Josh sentía que perdía pie; el internauta misterioso se le escapaba, y con él todas las respuestas a sus preguntas.

=*I need you. You can't leave me.*

=*I have to go* —respondió el internauta misterioso al cabo de un rato—. *Good luck.*

La ventana se cerró y la pantalla volvió al negro.

Se había acabado.

Josh permaneció unos segundos abatido delante de su ordenador, con unas ganas terribles de estamparlo contra la pared. Se levantó muy nervioso y cogió su teléfono móvil. Axel esperaba su llamada. Seleccionó el número, pero antes de presionar la tecla de llamada soltó el teléfono. Su mano temblaba.

Sentía deseos de gritar. Poseía el don de leer los pensamientos y explorar el cerebro de cualquiera, pero lo que deseaba saber por encima de todo estaba fuera de su alcance. Quizá para siempre.

Esta idea le resultaba insoportable. ¿Quién era el internauta misterioso? ¿Y el «*flow*»? De acuerdo, ¡funcionaba! ¿Y después qué? ¿Qué debía hacer? ¿Qué se suponía que tenía que hacer? Esperó unos minutos antes de volver a coger el teléfono para llamar a la única persona en la que podía confiar.

27

Martes 27 de abril de 1999, New London, cerca de New Haven

Se había emitido una orden de búsqueda, aunque Kyle sabía perfectamente que nadie iba a mover cielo y tierra para encontrar a Leonard Cooper. Ni siquiera él; pronto tendría que regresar a su departamento y no tendría tiempo de continuar con su pequeña investigación personal.

Le quedaba algo menos de una hora de camino antes de llegar por fin a su casa, pero a la altura de la salida de New London puso el intermitente. Le faltaba una persona por interrogar.

*

Joe, el mecánico, con su mono azul de trabajo, ya había empezado a dar la vuelta al coche cuando Kyle sacó su identificación de agente del FBI y comenzó a interrogarlo sobre el accidente que había tenido lugar diez días antes.

—Investigo un accidente. Sucedió hace diez días... un coche carbonizado, ¿le dice algo?

—¡Sí, sí! ¡Nunca había visto nada parecido!

—¿Qué quiere decir? Los accidentes ocurren, ¿no es así?

Sí, los accidentes eran habituales, pero no de ese modo, aquello era muy extraño. ¡Una auténtica producción hollywoodense!

Joe le explicó que, en su opinión, el vehículo había sido incendiado a propósito. Un coche no arde al caer desde unos cuantos metros... a no ser en las películas, claro.

—¿Puedo echar un vistazo?

—Llega usted demasiado tarde, amigo. Me han pedido que lo destruya...

—¿Quién se lo ha pedido?

—¡Dos tipos muy desagradables de los que no aceptan un no por respuesta!

Aquello olía a los *cachas* de la CIA y en realidad no era una sorpresa. Kyle apostaría su sueldo a que se trataba de los mismos que lo habían echado de la habitación de Leonard Cooper.

El coche destruido, ya no tenía nada que hacer allí.

—*Thank you, sir. Have a nice...*

De pronto, a Kyle le vino a la mente lo que le había contado Cosimo respecto al cambio de actitud de Jenny. Interrogó a Joe acerca del accidente de coche que tanto la había alterado.

—¿A principios de abril? ¿Entre New Haven y Bridgeport? No, señor. Estoy seguro. El último accidente importante en ese lugar, antes del coche carbonizado, sucedió... al menos hace dos años. Lo recuerdo bien, un asunto bastante feo...

Jenny había mentido.

Nunca había habido ningún accidente.

*

Kyle estaba a punto de subirse al coche cuando sonó su móvil. Era Ian, un músico con el que solía coincidir en los clubes de jazz. Tocaban juntos a menudo en alguna velada «de micrófonos abiertos», donde músicos de cualquier estilo subían al escenario e improvisaban dejándose llevar por la inspiración del momento. Kyle adoraba esas veladas.

—Hey, Ian! What's up?

—Hi, Kyle! Just chilling, man. How are you?

—I'm doing fine.

—Hey, listen! What are you doing tonight?

—Not much, I guess.

—Awesome! What about playing some piano? Jerry just called. He can't make it tonight. We need you, man.

Ian tocaba el saxofón en un cuarteto que animaba fiestas privadas interpretando clásicos del jazz. Así completaba sus ingresos. Era la tercera vez que su pianista, Jerry, los dejaba plantados a última hora, y también la tercera vez que Ian le pedía ayuda. De nuevo en esta ocasión, aceptó con gusto.

—You're the best, Kyle! We really owe you!

—My pleasure, don't worry about it.

28

Chaïma estaba sentada en una de las mesas grandes del primer piso de la biblioteca, que apenas se adivinaba bajo la gran cantidad de papeles que la cubrían. Empezaban las vacaciones de primavera y tenían muchos deberes que hacer antes de volver a clase.

—¿Llevas mucho tiempo aquí? —preguntó Josh al llegar, un poco confuso.

—Cinco minutos.

—¡Uf! Pensé que llegaba tarde. Pareces llevar aquí dos horas con todo este lío de papeles —continuó mientras tomaba asiento.

—¡Oh, de lío nada! Ordeno mis apuntes. ¡Un poco de respeto! ¡Venga, siéntate!

—¿Por dónde empezamos? —preguntó Josh frotándose las manos.

—Podemos comenzar por lo más difícil.

—¿La Física?

—¡Me has leído el pensamiento!

Josh sacó su carpeta con una sonrisa contagiosa.

—Me alegro de verte. ¡No se te ve el pelo! ¿No te habrás convertido en agente secreto o algo por el estilo este año?

La espontaneidad y la franqueza mostradas por Chaïma pillaron a Josh desprevenido. No estaba acostumbrado.

—Sé que... estoy un poco distante... —farfulló, avergonzado—, creo que este curso en el instituto está resultando más complicado de lo que me había imaginado... Tengo...

—Perdona, no pretendía hacerte sentir incómodo... Lo decía por decir. Es cierto que el día a día no resulta fácil —intentó rectificar Chaïma, que no tenía intención de molestar a su amigo.

—No, no te disculpes. Es verdad que estoy pasando por un mal momento...

Josh bajó la cabeza y suspiró. De repente se sentía tremendamente culpable.

—Echo de menos a mi madre —confesó de golpe.

Su respuesta pilló a Chaïma por sorpresa. Tras unos segundos, de manera algo torpe, posó una mano en el hombro de su amigo. Le costaba encontrar las palabras para consolarlo. Josh, sorprendido a su vez por lo que acababa de revelarle, sonrió y, antes de arruinar del todo el momento, se puso a hablar de Eratóstenes.

Estaban en pleno teorema de los ángulos alternos internos cuando el teléfono de Josh empezó a vibrar.

—¡Es Axel! —anunció.

Se levantó con cuidado de no arrastrar la silla y se alejó de la mesa de trabajo.

—¿Sí?

—No te oigo muy bien.

—Estoy en la biblioteca, trabajando con Chaïma. ¿Tú dónde estás?

—Al lado del instituto. Hace cinco minutos que voy detrás del Caminante. Es ahora o nunca.

Josh volvió la cabeza hacia Chaïma.

—¿Josh? ¿Sigues ahí?

—¡Vale! ¡Ahora voy!

—Llamaré a mi padre para decirle que duermo en tu casa.

—¡Genial! ¿Me esperas un rato?

—Sí, pero no tardes. Fue idea tuya, ¿recuerdas?

—Te llamo dentro de quince minutos. Hasta ahora.

Josh le explicó a Chaïma que tenía que volver a casa. Había olvidado la promesa de echarle una mano a su padre. Se acababa de acordar mientras hablaba con Axel. Josh leyó en los ojos de su amiga que no se creía ni una palabra de aquella historia. Recogió sus cosas sin que Chaïma hiciera el menor comentario, lo que era peor que un reproche. Se disculpó de nuevo y se dirigió a la salida, nada orgulloso de sí mismo. ¿Por qué todavía no le había hablado del flujo?

El hecho de contárselo a Axel no había cambiado nada entre ellos, al contrario, y no había motivos para pensar que con Chaïma fuera diferente. Sin embargo, no le decía nada, y lo que más temía estaba sucediendo: se distanciaban. Ni siquiera era capaz de hablar con ella cinco minutos seguidos sin crear cierta incomodidad.

—¿Dónde estás? —preguntó al salir de la biblioteca, con el móvil pegado a la oreja.

—Estoy en la Rue Jean-Alexandre, acabamos de pasar Bellas Artes. Bajamos hacia el puente Saint-Cyprien.

—Voy.

Una vez más, Josh trató de convencerse de que pronto todo volvería a ser como antes.

Entretanto, aunque solo fuera para satisfacer su curiosidad, el flujo tal vez podría servir para algo... ¡Josh Gambo, agente secreto! No sonaba mal.

*

—¿Qué? ¿Nos vamos? —soltó Josh en cuanto se reunió con Axel.

—Parece que sí.

—¿Has llamado a tu padre?

—No me ha contestado. Le he dejado un mensaje. ¿Y tú?

—Le he dicho que íbamos al cine y que volveríamos después. Tengo permiso hasta medianoche.

—¡Entonces, vamos! Espero que esto salga bien y vayamos por buen camino.

—Sí, creo que vamos a caminar bastante —bromeó Josh.

—¿Y si duerme en un centro de acogida?

—Encontraremos la manera de acercarnos a él.

Josh ya había pensado en ello.

Aquella noche recorrieron varios kilómetros a pie. Estaban a mediados de abril y no hacía calor. Por suerte, iban bien abrigados, y el ritmo impuesto por el Caminante era constante. No les daba tiempo a sentir frío.

El Caminante no se volvió en ningún momento. Estaba en su mundo y nada parecía distraerlo. Ya pasase por un bar abarrotado o por una calle desierta, el ritmo de sus pasos no se alteraba. Nunca volvía la cabeza; miraba siempre hacia delante, murmurando.

A las diez y media, Axel y Josh ya no podían más. No era tanto el cansancio como el aburrimiento lo que empezaba a hacer que se arrepintieran de su decisión. Se preguntaban si el Caminante se iría a dormir alguna vez. Al final de la Rue Jean-Jaurès, cruzó el puente nuevo.

—¡Siento que se va a acostar! —se entusiasmó Josh.

Axel era más escéptico.

—Espero que sí. No aguantaría una hora más. Estoy harto.

—Sale del centro. Estoy seguro de que va a dormir a algún sitio. ¡De verdad!

Subieron toda la Rue Faubourg du Pont Neuf y se adentraron por la avenida Recteur Pineau. El Caminante rodeó el cementerio de la Pierre Levée y después desapareció.

—Ya no lo veo.

—-Ha torcido a la izquierda. Debe de estar bordeando el muro del cementerio por detrás del seto.

Josh no lo dudó un segundo y también se internó en la oscuridad. A Axel no le quedó más remedio que hacer lo mismo.

—Espera, puede oírnos. Paremos… —susurró Josh.

—¿Y si lo perdemos?

—Puedo sentirlo, no está lejos.

Permanecieron en silencio unos instantes.

—Ha entrado —anunció Josh antes de reemprender la marcha—. Debe de tener un agujero ahí, en algún sitio —murmuró deslizando sus manos por el muro.

—¿Estás seguro de que es una buena idea?

—¿Tienes miedo?

—Estoy hecho polvo.

—Yo también. Y también tengo miedo. Pero ya hemos hecho lo más difícil. ¡Vamos!

Sin hacer ruido, continuaron bordeando el muro.

—¡Ahí está, mira! Ha pasado por allí —señaló Josh pasando por encima de un montón de piedras.

El hueco era muy estrecho, pero lo bastante amplio como para permitir que por allí se colase un adulto delgado.

Axel y Josh no tuvieron ningún problema para pasar.

—Está más lejos, por allí abajo.

Axel seguía a Josh de cerca. Avanzaban muy lentamente; la grava que cubría el camino no favorecía la discreción. Se agacharon y descansaron un poco, el tiempo de acostumbrarse a la luz del cielo. Por suerte, estaba menos oscuro en el cementerio que entre la pared y el seto de ciprés.

—Es flipante que estemos en un cementerio en plena noche —comentó Josh.

—¿Flipante? ¡Es espeluznante! Está todavía más chiflado de lo que yo pensaba. Además, sería mejor que nos fuéramos. ¡Qué se le va a hacer! Hemos caminado horas para nada, pero, en serio, no podemos quedarnos en un cementerio como si tal cosa. ¡Es una locura!

Axel se levantó, pero Josh lo agarró del brazo.

—Solo nos llevará unos minutos, te lo prometo.

Axel, a quien a pesar de todo le costaba creer que hubieran hecho todo aquello para nada, se volvió a agachar. Permanecieron en silencio diez minutos, hasta que consideraron que el Caminante ya había tenido tiempo de quedarse dormido. Entonces, decidieron pasar a la acción.

—¡Y después, a la cama! Estoy muerto —murmuró Axel.

—Muy apropiado, en un cementerio...

A Axel hacía rato que no le apetecía reírse.

—¡Venga, tienes razón! ¡Vamos!

Axel dejó que Josh pasase delante. Avanzaron despacio. Gracias a la luz de la luna, pudieron distinguir la silueta del Caminante unos diez metros antes de llegar a su altura.

Estaba completamente inmóvil, tumbado entre dos tumbas. Roncaba bajo un montón de mantas. Josh se acercó y se agachó. De haber querido, habría podido apoyar la mano en su cabeza.

Su viaje empezó por un cuarto completamente a oscuras. El flujo era muy inestable. Josh trató de desplazarse, pero sin ver nada le resultaba muy difícil elegir una dirección. Apareció una imagen, aunque se desvaneció de inmediato. Era una mujer. Josh volvía a estar en la oscuridad. Surgió una segunda imagen que se esfumó todavía más rápido que la primera. La misma mujer. La oscuridad. De nuevo. De repente, las imágenes comenzaron a desfilar a toda velocidad antes de ceder de nuevo su lugar a la oscuridad. Josh no era capaz de controlar absolutamente nada.

Axel asistía a la escena pensando en otra cosa. Luego, el Caminante comenzó a agitarse. Axel salió de su modorra y agarró a Josh por el hombro.

—¡Josh!

Josh estaba concentrado y seguía con los ojos cerrados. El Caminante se incorporó. Axel se levantó de un salto.

—¡Josh!

—¿Qué?

—¡Mierda, se mueve!

Axel tiró de Josh. En menos de dos minutos, ya estaban en la Rue Pierre Levée. Sin apenas darse cuenta habían echado a correr. Poco a poco ralentizaron el paso y se detuvieron.

—¿Qué ha pasado?

—¡Se ha despertado! Se ha incorporado y tú ni te has dado cuenta. ¡Qué flipe! ¡Vaya susto!

Josh trató de recordar la escena.

—Vámonos a tu casa —propuso Axel encendiendo un cigarro—. ¡Me estoy congelando!

Se pusieron en camino pensando en lo que acababan de presenciar.

—¿Qué? ¿Qué has visto?

—Era muy extraño. Estaba oscuro. Como si su mente estuviera vacía.

—No me sorprende. A ese tío le falta un tornillo.

—He visto a una mujer. Varias veces. Estaba muy contenta y después muy triste. Y un barco. No controlaba. No tenía nada que ver con...

Josh se detuvo de pronto.

—¿Qué?

—¡Creo haber visto a mi madre!

La imagen era muy clara en la cabeza de Josh.

—Había un tipo vestido con un traje. Ya lo había visto antes. En la mente de mi padre. Estoy seguro.

—¿Has visto a tu madre en la mente del Caminante?

—Estoy casi seguro.

Axel giró la cabeza para observar mejor la cara de su amigo.

—¿No será que todo se mezcla? Acabas de decir que no controlabas nada. ¿Sueles conectarte al flujo de tu padre por las noches?

—Lo hago a menudo.

—¡Deberías parar!

Josh solía sincerarse con Axel y este ya le había dicho que no era una buena idea curiosear así en la memoria de su padre. Josh lo sabía, pero a veces la necesidad de ver a su madre era más fuerte que todo lo demás.

—Si pudiera hablar con el internauta misterioso, tal vez...

—¡Mierda!

Literalmente, Axel acababa de dar un salto.

—De repente, en el cementerio, cuando estabas conectado al Caminante, se me ocurrió una idea...

—Acabas de dar un salto, no sé si lo sabes. ¡Un salto de categoría! Debes de haber tenido una idea genial.

—Mucho más de lo que crees.

Axel, completamente entusiasmado, empezó su exposición a toda velocidad.

—Le he estado dando vueltas al internauta misterioso. Y cuanto más lo pienso, más me parece que es verdaderamente hábil con la informática. La ventana que abre cuando contacta contigo, te la envía a ti, a tu ordenador, a tu dirección IP.

Axel lo repitió todo esforzándose en hablar más despacio, pero Josh seguía escéptico.

—¿Y eso es una buena noticia?

—En cierto modo. Me he preguntado cómo habría conseguido tu dirección IP. Solo te conoce por el blog y, al parecer, lo lee habitualmente.

—Sigo sin ver cuál es la buena noticia.

—Me dijiste antes que nunca mencionabas tu nombre en el blog.

—Sí, es verdad.

—Solo existe una manera de encontrarte: piratear el servidor del proveedor de tu blog. Ahí ha localizado la información sobre ti. Es ahí donde ha averiguado tu dirección IP.

—¿Y qué?

—Yo haré lo mismo.

Josh se quedó perplejo.

—Si consigo piratear el servidor, podré tener acceso a todas las direcciones IP que se han conectado a tu blog. Y si tenemos suerte, daremos con las tres que utilizó el internauta para contactar contigo. No sé cómo no lo pensé antes.

Josh empezaba a perder la paciencia. No entendía a dónde quería llegar Axel.

—Ya tenemos esas direcciones. ¿Qué nos aportará encontrarlas en esa lista?

—Toda la información que necesitamos.

Axel continuó muy rápidamente, porque se daba cuenta de que Josh seguía sin entender, lo cual empezaba a enfadarle de verdad.

—Cuando vas a una página o a un blog, el servidor del proveedor analiza tu dirección. Recopila información. Realiza bases de datos que sirven para hacer estadísticas, y sobre todo para crear un perfil. Así saben qué anuncios enviarte. No le envían los mismos a una mujer de cincuenta años que a un adolescente de diecisiete. ¿Lo pillas?

Josh empezaba a entender.

—¿Quieres decir que en el servidor de «cmonblog.com» está toda la información referida a los internautas que se han conectado a mi blog?

—Toda la información, no, pero sí las direcciones IP, las zonas geográficas desde donde se conectan las personas. En cuanto a los nombres, no lo sé. Pero, una vez que dispones de las zonas geográficas, puedes ingeniártelas para encontrar los nombres.

—¡Sería genial descubrir dónde vive el internauta misterioso! ¿Crees que podrás piratear ese servidor?

Axel reflexionó unos instantes antes de responder.

—¿En serio? Sí, creo que sí. Hasta el momento, buscaba a ciegas esperando tener suerte. Pero ahora tengo un objetivo. Francamente, tengo un buen presentimiento.

Cuando entraron en casa de Josh, era casi medianoche. Estaban agotados.

Cosimo dormía. Se dirigieron a la habitación de Josh tratando de no despertarlo.

—Nos merecemos la cama —suspiró Josh.

—Llevo dos horas pensando en ella. ¿Te sientes muy decepcionado por lo que ha pasado? —preguntó Axel.

—¿Por qué lo dices?

—Por el Caminante. A fin de cuentas, nuestra excursión no ha servido de mucho.

—No, no estoy decepcionado... Es cierto que nada ha sucedido como había imaginado, pero bueno..., si no hubiéramos ido, nunca se te habría ocurrido esa idea.

Mientras preparaba el saco de dormir para Axel, Josh pensó en la visión de su madre y en el hombre del traje que había creído reconocer. Axel tenía razón, todo se mezclaba. Tenía que dejar de conectarse al flujo de su padre. Volver a ver a su madre de aquella forma le sentaba bien en el momento, aunque en el fondo sabía que le perjudicaba.

Josh se metió debajo de su edredón y Axel en el saco de dormir. En menos de cinco minutos cayeron dormidos.

29

Miércoles 28 de abril de 1999, Nueva York

Después de tomar una ducha, Kyle inspeccionó el contenido de su nevera y, tras un inventario más bien deprimente, bajó a hacer unas compras para prepararse un desayuno digno de tal nombre. Subió con una bolsa repleta y el *New York Times*. Metió la llave en la cerradura y, cuando se disponía a abrir la puerta de su apartamento, sintió una ligera presión en su hombro.

—*We told you to let it go, man! You should have listened the first time.*

Una lluvia de golpes cayó de pronto sobre él.

—*Kyle? Are you OK?*

Kyle consiguió abrir los ojos y reconoció a Linda, su vecina. Había oído ruido y había salido al descansillo.

—*Yeah, I guess.*

—*What happened?*

—*Must have fallen or something.*

Linda sospechaba que no se había caído solo, pero también sabía que Kyle era agente federal y que seguramente no le contaría nada. No insistió. Lo ayudó a levantarse, abrió la puerta de su apartamento y lo acompañó hasta el sofá.

—*What can I do to help?* —le preguntó, sintiendo mucho ver a su vecino en semejante estado.

—*I'll be fine, don't worry. Thanks a lot anyway.*

Linda colocó las compras de Kyle en el frigorífico y luego salió sin cerrar la puerta del piso. Regresó minutos después con un botiquín. Kyle se sorprendió, pero no protestó. Un poco de bondad de vez en cuando...

30

La mañana llegaba a su fin. Al salir de la clase de Italiano, Josh comprobó su teléfono. Había recibido un mensaje de Axel. No había venido a clase, y Josh sospechaba que no lo llamaba para anunciarle que tenía anginas o gastroenteritis. Presionó el botón de llamada.

—¿Axel?

—¡Ya está!

—Voy.

El corazón de Josh empezó a latir a un ritmo que hasta el batería de Metallica tendría dificultades para seguir.

Por fin iba a saber dónde vivía el internauta misterioso. Y tal vez también...

La puerta del apartamento ya estaba abierta.

—¡Sígueme! —se limitó a decir Axel a modo de bienvenida.

Josh no dijo nada y obedeció. Se sentaron ante las pantallas negras de los ordenadores.

—Iré al grano. Vas a alucinar: está en Boston.

—¿Qué?

—Lo sé, es una locura, pero estoy seguro. El internauta misterioso contactó contigo desde Boston.

Josh no se lo podía creer.

—¿Estás seguro?

—Al cien por cien. ¿Te cuento?

—¡Adelante!

Los acontecimientos se aceleraban en la cabeza de Josh. Boston. Sus abuelos.

—Las tres direcciones que he encontrado en tu *ordenata* proceden de cibercafés. Y sé dónde están. El internauta misterioso contactó contigo desde tres cibercafés. Dos de ellos están muy cerca uno de otro. Toma, aquí tienes un plano de Boston. Mira.

Axel le mostró el plano que había sacado de internet.

—Y aquí, en Beacon Street, está el tercero.

Axel comprendía por qué Josh no parecía querer creerlo. La coincidencia resultaba inquietante.

—Tus abuelos viven en Boston, ¿verdad? ¿Sabes dónde exactamente?

—¡Aquí, mira! En Boylston, justo al lado del parque.

Josh trataba de asimilar todo lo que implicaba esta noticia. Sabía lo que tenía que hacer.

—Tengo que ir.

—¿Ya? ¡Cuánto entusiasmo!

—Quiero decir a Boston. Tengo que ir. ¿Te acuerdas de que mis abuelos me invitaron en Navidad a ir a visitarlos? Ya me habían invitado antes, pero esta vez voy a aceptar. Está claro.

La excitación de Josh iba en aumento.

—¡No me lo puedo creer!

—Espera, todavía no he terminado. Al piratear el servidor de «cmonblog.com», me he enterado de más cosas sobre las conexiones a tu blog. Normalmente, cuando te conectas a la página de tu administrador, sabes cuántas conexiones ha habido, ¿no?

—Sí. Creo que en torno a dos mil.

—Algunas menos. Mil setecientas ochenta y dos cuando yo pirateé el servidor.

—Lo que yo decía.

—Sí, pero lo que no sabes es que, de esas mil setecientas ochenta y dos conexiones, novecientas sesenta se han realizado desde los tres cibercafés de Boston. Todavía no me ha dado tiempo a profundizar, pero creo que otras muchas direcciones IP son de Estados Unidos.

—¿El internauta misterioso?

—Es probable.

—¿Y eso qué quiere decir?

—Que es un lector asiduo. Y desde el principio. La primera conexión desde Boston data de dos meses antes de la creación del blog.

—¿De verdad?

Aparte de Adam y de Cathelyn, Josh no conocía a nadie en Boston. Era poco probable que el internauta misterioso fuese uno de sus abuelos. Josh trató de considerar esa posibilidad durante unos instantes. No, aquello no tenía ningún sentido. Axel también le daba vueltas.

—¡Ya está! ¡Tengo un plan!

—¿Un plan en Boston?

—¡No, en serio, un plan de ataque!

—Cuenta.

—Estarás de acuerdo en que tenemos que encontrar a ese misterioso internauta. Porque, aunque al final decidas ir a ver a tus abuelos, no te esperará en el aeropuerto con una pancarta que diga: «Internauta misterioso»...

—No —admitió Josh—, no creo que ese sea su estilo.

—Entonces utilizaremos tu blog. Lo obligaremos a contactar contigo; le tenderemos una trampa.

Josh se acomodó en la cama y mantuvo los oídos bien abiertos para tratar de entender la explicación de Axel.

—En realidad, no sabemos nada de ese internauta misterioso, de ahí su nombre.

—Por ahora te sigo.

—Lo único que conocemos es el lugar desde el que se conecta para leer tu blog y contactar contigo, es decir, las tres direcciones. Tendremos que asegurarnos de que vuelva a hacerlo. Esto lo obligará a dirigirse a uno de los tres cibercafés. Y entonces sabrás dónde encontrarlo.

—Sí, pero estaré en Boston, no en mi habitación para responder.

—No te preocupes, somos un equipo. Si aceptas prestarme tu ordenador mientras estás en Estados Unidos, me lo llevaré a mi casa y seré yo quien responda…

—Creo que entiendo lo que quieres decir, aunque me parece un poco complicado.

—No lo es. Imagina que tú estás en Boston, en Web Corner, por ejemplo, y yo aquí, en mi habitación. En Boston son las cinco de la tarde y en Poitiers las once de la noche. Estamos conectados por mensajería instantánea. Tengo tu ordenador a mi lado y espero a que el internauta misterioso establezca contacto.

—Hasta ahí bien. Sigue.

—El internauta misterioso abre la ventana negra que utiliza para hablar contigo. Soy yo quien responde haciéndome pasar por ti. ¿De acuerdo?

—¡De acuerdo!

Josh estaba muy atento. «Qué increíble suerte haber conocido a Axel», se decía.

—Tengo las direcciones IP de todos los ordenadores de los tres cibercafés. En unos segundos, si todo va bien, sabré desde qué ordenador se conecta y también desde qué cibercafé. Ya he empezado a desarrollar un programa que identificará la dirección en un santiamén. Una especie de miniguía telefónica… Eso en el caso de que se conecte desde uno de los tres cibercafés; si no lo hace, mal rollo. Bien, no hay razón para que no lo haga. Confiemos en que sí. Entonces hablo con él y, en cuanto sepa dónde está, te envío la información y trato de ganar tiempo para que permanezca conectado el mayor tiempo posible. Mientras, tú vas al cibercafé que te he indicado y saludas a tu nuevo y escurridizo amigo. Por lo que sabemos, estarás en el lugar correcto y solo tendrás que levantar la cabeza.

—Es genial.

Josh tenía la nariz metida en el mapa de Boston.

—Bueno, a no ser que se conecte desde el cibercafé Coffee Shop en Back Bay y yo esté en Government Center. Ese queda lejos.

—Teniendo en cuenta las probabilidades, es nuestra mejor opción. Tú tendrás que conectarte en Internet Spot o en Web Corner. Están muy cerca. Hay dos posibilidades sobre tres de que el internauta misterioso esté en uno de esos dos.

Josh, que quería estar seguro de haberlo entendido todo, reformuló en voz alta las explicaciones de su amigo.

—Estoy convencido de que funcionará —declaró al fin—. ¡No te has fumado todas esas clases para nada!

—¡Así lo espero!

Josh no se lo podía creer. Axel era un verdadero genio.

—Gracias. Sin ti, no sé lo que haría. ¡Eres un monstruo!

—De nada. Alucino con esta historia. Francamente, tengo la sensación de estar en una película. Deberías escribir lo que te está ocurriendo, en serio…

Axel se sentía tan feliz como Josh. Era consciente de que lo que acababa de llevar a cabo era digno de un auténtico filme de espionaje. Estaba muy orgulloso y sabía que tenía motivos para ello.

—Tenemos que celebrarlo. ¿Una pizza? —propuso.

—¡Mierda!

—Bueno, puede ser un kebab, si lo prefieres…

—No, no es eso… Le había dicho a Chaïma que la llamaría…

—Dile que…

—Le diré que no me encontraba bien y que me he ido. Sé que resulta patético, pero... Le he hecho varias veces lo mismo... Es un asco...

Josh se sentía mal. Hacía algún tiempo que Chaïma multiplicaba los intentos de recuperar su amistad, pero por su parte no hacía más que desaparecer.

—Solo faltaba que nos la encontráramos por la calle. ¡Vaya corte!

—Podemos tomar una pizza aquí al lado. No creo que nos la crucemos.

Josh buscó el número de Chaïma en su lista de contactos y presionó el botón de llamada. Salió su contestador. Sorprendido, no le dejó ningún mensaje. En aquel momento, la puerta de la habitación de Axel se abrió y su padre asomó la cabeza. Primero se volvió hacia Axel y luego hacia Josh, pero se marchó sin decir nada. Axel no hizo ningún comentario. Los dos adolescentes se miraron y, sin hablarse, decidieron largarse.

Ya era hora de celebrar las proezas de Axel.

*

Mientras se comían la pizza, Josh y Axel continuaron analizando su plan. Querían asegurarse de que no habían olvidado ningún detalle.

Hablaron mucho de lo que Josh debía escribir. Necesitaban que, tan pronto como el internauta misterioso leyera la nueva entrada del blog de Josh, no le quedase otra elección que contactar con él enseguida. Debían inquietarlo, pedirle ayuda. Si leía con frecuencia el blog de Josh, eso quería decir que, desde algún lugar, se preocupaba por lo que le sucedía. Mientras devoraba su última porción de pizza, a Josh se le ocurrió qué le impulsaría a contactar con él.

—Voy a escribir que estoy sufriendo la mayor crisis que he tenido nunca. Estoy solo en casa, siento el flujo de todo el barrio, no puedo evitarlo y tengo una migraña endiablada. No sé qué hacer, pido ayuda. El internauta misterioso sabrá que me dirijo a él. Si se preocupa por mí, tratará de ayudarme. Que cuente todo eso en mi blog hará que flipe. Insistió en que borrase todo lo referido al flujo. Parecía paranoico. «Debe ser un secreto, nadie puede saberlo. Solo te causaría problemas…». Me muero de ganas de que me explique por qué.

Axel asintió.

—No está mal.

—En cualquier caso, tenemos tiempo para pensarlo. No será enseguida.

—En menos de nada estamos en junio…

—¡Es cierto! A lo mejor en poco más de un mes estaré en Boston. Espero que funcione.

—Somos unos monstruos, no puede fallar.

De pronto, Josh estaba emocionado. Miraba al suelo. Tenía que respirar y calmarse.

—¿Estás bien, Josh?

Josh levantó la cabeza y respiró profundamente.

—Bien, bien.

Algo más tarde, al llegar a casa, Josh se cambió de ropa y se fue a correr. Estaba nervioso. ¡Pasaría un mes en Boston! Le parecía increíble que fuera a viajar a Estados Unidos…

*

Cosimo se quitó la chaqueta y se dirigió a la cocina.

—¿Qué pasa aquí? —preguntó, visiblemente de muy buen humor.

—¡Eso digo yo! ¿Dónde estabas?

—Eh, cálmate, jovencito, un poco de respeto a las personas mayores. Estaba con Yann y Arnaud. Hemos tomado una copa en la plaza del mercado... ¡Hacía tiempo que no los veía! ¿Qué estás preparando?

—Unos emparedados al horno —respondió Josh.

—Fantástico. ¿Estás enfermo?

—¡De vez en cuando hago la cena!

—Solo bromeaba... ¡Hay que relajarse un poco!

—Tienes razón. Lo siento. —Josh esperó unos segundos antes de comunicarle la noticia a su padre.

—He decidido ir a Boston.

—¿Lo dices en serio?

—Sí, lo he pensado mucho. Creo que estoy listo.

—¿Y a qué se debe tu decisión?

¿Qué podía responder?

—A nada en particular... —contestó mientras metía en el horno los emparedados—. Solo la impresión cada vez más clara de que es el momento adecuado. Creo que estoy preparado y que lo necesito.

Cosimo estaba radiante. Sabía que regresar a Estados Unidos era importante para sus hijos. Era su país natal, el país de su madre, el lugar en el que habían vivido con ella. A Julia la había ayudado mucho volver, y había repetido el viaje varias veces. La última justo al terminar el bachillerato, el verano anterior. Josh siempre había declinado la invitación de sus abuelos.

—¿Les has enviado un mensaje a tus abuelos?

—No, aún no.

—¡Hazlo esta noche! Podemos decirles que te has decidido en el último minuto. Lo mínimo es avisarles cuanto antes, que querrán estar preparados.

—Sí, sí..., tienes razón. Lo haré en cuanto acabe de cenar. Incluso puedo llamarlos por teléfono. La ocasión lo merece. Creo que se pondrán supercontentos.

—¡Se volverán locos de alegría! Debemos ocuparnos de los billetes de avión... ¿Y tu pasaporte? ¿Sabes dónde está? ¿Qué maleta vas a llevar? La verde grande no cierra... Y...

El timbre del horno sonó. La cena estaba lista.

31

—¿Qué te pasa?

Josh empezaba a conocer a Axel al dedillo y sabía que su silencio no era una buena señal. Solo un ordenador podía impedir que hablase durante más de cinco minutos, pero estaban delante del instituto, muy lejos de la sala de informática. Axel acababa de encender su segundo cigarrillo y no había dicho más de tres palabras seguidas desde la llegada de Josh.

—¡Hola, chicos! ¿Qué tal? —preguntó Chaïma al llegar a su altura.

—Hola, Chaïma. Todo bien —respondió Josh—. ¿Y tú?

—Más o menos. No veo la hora de que pase la junta de evaluación.

Solo quedaban unos días de clase. El curso llegaba a su término.

—¿Qué te pasa, Axel? Pareces enfadado —observó Chaïma.

—No —dijo frunciendo el ceño—, estoy hecho polvo, eso es todo.

*

Josh se pasó la mañana preguntándose qué podía sucederle a su amigo. Estaba cansado, era evidente, pero había algo más. Se le pasó por la cabeza la idea de conectarse a su flujo, pero enseguida cambió de opinión. No podía arriesgarse a poner en peligro la confianza que Axel había depositado en él por un simple momento de impaciencia. Seguro que acababa contándoselo...

Era jueves y la jornada comenzaba con dos horas de Francés con la señora Tissier. Cuando sonó el timbre, tras dos horas dedicadas a *La taberna* de Zola que, a pesar del empeño de su profesora, habían resultado soporíferas para más de uno, Axel y Josh se dirigieron rápidamente a la salida del instituto. Axel necesitaba un cigarro.

—¿Qué te pasa, Axel? ¿Por qué estás enfadado?

—Me he peleado con...

No le dio tiempo a acabar la frase.

—¡Hola, niñas! Venimos a veros para fumar un cigarrito.

Era Malfoy, como siempre rodeado de sus dos perritos falderos, Crabbe y Goyle.

—¡Cierra el pico, imbécil!

Josh se volvió hacia Axel e intentó atraer su mirada, pero fue inútil. Los tres mortífagos parecían haber elegido el día...

—Vaya, vaya, ¿qué te pasa, gallina? Tienes que relajarte, el curso se acaba.

—Sí, tienes razón. ¡Toma!

Axel sacó un cigarro de su cajetilla, lo aplastó en su mano derecha y arrojó los pedazos a la cara de los tres mortífagos.

—¡Que lo disfrutéis! —exclamó Axel, mientras soltaba una nube de humo.

Las sonrisas burlonas habían desaparecido. Los dos perros guardianes no se movieron ni un pelo, pero su amo avanzó hacia Axel con la firme intención de hacerle comprender quién era el más fuerte.

—*Back off!* —le ordenó con calma Josh, interponiéndose entre ellos.

Apoyó la mano en el pecho de Malfoy y lo obligó a dar un paso atrás. Este, desconcertado y un poco desequilibrado, no tuvo más remedio que retroceder.

Josh se acercó un poco más y le susurró unas palabras al oído. La cara del matón del Instituto Victor-Hugo cambió de color en cuestión de segundos, pasando del rojo más intenso al blanco más lívido. Josh desanduvo el camino poco a poco y, tras comprobar que sus palabras habían hecho efecto, agarró a Axel de la manga y lo arrastró tras él.

—¿Qué ha pasado? —preguntó Axel.
—Le he hecho recordar viejos tiempos...
—¿Y ya está?
—Sí, sí...
Los efectos de la adrenalina se desvanecían y en el rostro de Josh, casi tan blanco como el del joven al que acababa de dejar seco, se vislumbraba que empezaba a caer en la cuenta de que había tenido suerte. Las cosas podrían haberse torcido.
—¿Te has conectado a su flujo? —repitió Axel, que se moría de ganas de saber más.
—¡Sí! ¡Le he hecho una pequeña jugarreta! —se rio Josh, que había recuperado el color.
—¡Vaya cara ha puesto! ¿Qué le has dicho?
Josh se sentía muy orgulloso de sí mismo. ¡Adiós a los mortífagos! Y el flujo... ahora formaba parte de él.
—No sé cómo lo he hecho. Estaba supertranquilo. Ha venido solo. Lo he mirado y me he dicho: «¡Tío, me vas a contar todos tus secretos!». Y ha desaparecido.
—¿Quieres decir que has visto todas las cosas raras que ha hecho?
—Tal vez no todas... Pero, ahora que lo pienso, lo más sorprendente es que he utilizado el flujo como un motor de búsqueda. No he tenido que ir a ciegas. Sabía lo que buscaba: todas las cosas de las que ese bestia no se enorgullece... ¿Sabes que tanto en la guardería como en primaria todo el mundo se burlaba de él porque llevaba unos enormes zapatos de

cuero? Debía de tener problemas en las rodillas o algo parecido... No es divertido que te pase eso a diario...

—¿Qué le has dicho? ¿Le has mencionado sus zapatos?

—No, he recurrido a algo mucho más secreto y bastante más embarazoso.

—¿Qué?

—Algo un poco incómodo... para él, quiero decir.

—¡Venga! ¡A mí puedes contármelo!

El timbre del instituto sonó.

—¡Venga, dímelo! —exclamó Axel, que no se podía creer que Josh no compartiera el secreto con él—. ¡Vamos!

—Tenemos que irnos, ya ha sonado. Todavía no me has dicho por qué estabas enfadado esta mañana —apuntó Josh, que prefería cambiar de tema.

—Te lo contaré después. Bueno, ya veré —dijo Axel enfurruñado.

*

A mediodía, Axel y Josh se instalaron en la plaza del mercado con sendos kebabs y latas de Coca-Cola.

—Esta mañana he discutido con mi padre —le confió al fin Axel—. Hemos recibido una carta del instituto. Demasiadas ausencias este tercer trimestre. La subdirectora le propone a mi padre una cita con la asistenta social. ¡Imagínate cómo se lo ha tomado!

—¡Me lo imagino!

—Nos hemos calentado y hemos estado a punto de llegar a las manos. Acabó largándose...

La emoción que Axel sentía era palpable, y su flujo cada vez más presente. Josh eliminó la inminente conexión con un simple manotazo virtual.

—Por un momento, pensé que le ibas a romper la cara a...

—Si no llegas a intervenir —continuó Axel con la boca llena de patatas fritas—, creo que le habría saltado encima. Una vez más, gracias; le has dado una buena lección. Bueno, supongo que lo has hecho, ya que no quieres decirme qué le has contado...

Al pensar en lo que había sucedido, Josh no pudo evitar sentir una gran satisfacción. Le hacía feliz haber podido ayudar a Axel, y lamentaba no haberlo hecho antes.

—Soy yo quien te agradece todo lo que estás haciendo por mí... Espero que esa historia de la asistenta social se arregle pronto.

Axel sacrificaba gran cantidad de tiempo y energía en la investigación del internauta misterioso. Cuando Josh se dio cuenta, se sintió culpable y le dijo que frenara un poco, que, al fin y al cabo, encontrar al internauta misterioso no era tan importante. Pero no había servido de nada; cuando Axel se metía en una batalla contra la red, nada podía detenerlo.

—En cuanto a lo de Malfoy, no me gusta demasiado...

—Vale, vale... Lo sé, tienes principios...

—Y ni palabra a Chaïma, claro. No sabría cómo explicárselo...

—No te preocupes. No soy tan idiota... Venga, sería mejor que pensásemos en lo que nos espera. ¡Por nuestra misión! —declaró Axel con solemnidad, levantando su lata de cola.

—¡Por nuestra misión!

32

Lunes 17 de mayo de 1999, Nueva York

Kyle llamó a la puerta y entró. Su jefe lo recibió con una sonrisa sincera y se interesó por sus vacaciones.

—*It hasn't started yet. I quit.*

Kyle posó su placa y sus dos armas de servicio sobre la mesa de su jefe, que saltó de la silla.

—*What are you doing, son?*

—*I told you, I quit.*

El jefe de Kyle dedicó media hora a intentar que cambiara de opinión. Uno no dimite del FBI así como así, por capricho. ¿Qué significaba aquello? Por lo menos podía tomarse algo más de tiempo para pensárselo. No, Kyle ya había tenido tiempo suficiente. Leonard Cooper había desaparecido. Cosimo Gambo se disponía a regresar a Francia con sus dos hijos, y a él se le pedía que pasase a otro asunto. Pues bien, eso es lo que pretendía hacer.

—¡Demasiado idealista! —había concluido MacKaye.

Tan pronto como cerró la puerta de su coche, Kyle se sintió feliz. Le alegraba haber tenido por fin el valor de presentar su dimisión. Se había quitado un gran peso de encima, y su cuerpo lo notó casi de inmediato. Solo le quedaba inventarse una nueva vida, y esta perspectiva le agradaba mucho. Pensó en sus años de estudio, en aquella sensación de libertad que hacía tanto tiempo que no experimentaba.

De nuevo, todo era posible.

*

Cuando Linda Preston regresó a su casa aquella noche, estaba especialmente cansada. Lo único que le apetecía era darse un baño bien caliente. El ascensor estaba averiado y tuvo que subir por las escaleras, lo que agotó sus últimas fuerzas. Así que, minutos después, con el corazón agitado, introdujo la llave en la cerradura de su piso.

Delante de la puerta, Linda Preston descubrió un bonito ramo de flores acompañado de una nota de su vecino. Acababa de marcharse a California, donde se disponía a visitar a sus padres. Deseaba agradecerle los cuidados que le había prodigado días antes, y le prometía una cena en cuanto regresara.

El cansancio de Linda Preston se esfumó de repente.

33

Solo faltaba una hora para salir hacia París. Josh estaba en su cuarto, acabando de prepararse. Axel había pasado un poco antes y se había llevado su ordenador portátil. Su plan estaba en marcha.

Josh metió sus zapatillas deportivas y su lector MP3 en la maleta y la cerró definitivamente. Se disponía a reunirse con Julia y Cosimo en el salón cuando su teléfono sonó.

Chaïma.

—¿Hola?

—Hola, Josh. ¿Qué tal?

—Bien. Estaba a punto de irme... Cojo el tren con mi padre y con mi hermana. Esta noche dormiremos en París, para asegurarnos de que mañana no pierdo el avión.

Se produjo un breve silencio.

—Quería disculparme por estos últimos días. No sé, creo que no he sido muy agradable —dijo Chaïma.

—Para, para... Soy yo quien debería pedir perdón. He estado en mi mundo y no he prestado demasiada atención a lo demás. Y... te he echado de menos...

—No entiendo por qué nos hemos distanciado tanto... Yo también te echo de menos.

—Tendré muchas cosas que contarte cuando vuelva. No solo sobre el viaje, sino sobre lo que ha ocurrido este curso. Debería haberlo hecho antes, pero...

Ambos estaban emocionados. Josh temblaba.

—¿Josh? ¡Es hora de irnos! —gritó Cosimo desde abajo.

—No sé si has oído gritar a mi padre, pero tengo que irme…

—Sí, lo he oído. ¿Me escribirás cuando llegues?

—Claro.

—Espero que encuentres las respuestas que buscas…

—Yo también… De todas formas, sé que me sentará bien volver a ver todas aquellas cosas, aquellos lugares… Ya te contaré.

—Así lo espero. Venga, te dejo. Hasta pronto. Disfruta del viaje.

—Gracias por haber llamado. No te imaginas lo bien que me ha hecho sentir. Hasta muy pronto.

Cuando regresara, se lo contaría. Y todo volvería a ser como antes…

—¡Ya bajo! —gritó Josh.

TERCERA PARTE

Boston

34

—*Ladies and gentlemen, as we start our descent, make sure your seat belt is securely fastened.*

—Señoras y señores, iniciamos el descenso. Por favor, asegúrense de tener abrochado el cinturón de seguridad.

El espectáculo que se ofrecía a los pasajeros del vuelo 8-546 era magnífico. No obstante, algunos permanecían aferrados a sus asientos, sin girar la cabeza hacia las ventanillas, porque las maniobras del avión les recordaban que todavía no estaban en tierra firme y que el estómago es una parte sensible del tubo digestivo.

Josh, fascinado por la vista y todas las promesas que la acompañaban, no despegó el rostro de la ventanilla hasta que las ruedas del avión chocaron violentamente contra el asfalto de la pista de aterrizaje.

En mitad del océano, no había podido evitar realizar una panorámica general de los pasajeros. Durante algo más de tres horas había discutido consigo mismo diciéndose que conectarse al flujo sería particularmente arriesgado en aquellas condiciones. Si algo iba mal y alguien notaba algo extraño, no podría salir corriendo. Pero en aquella carlinga que volaba a varios miles de kilómetros de altitud el flujo era especialmente intenso. Resultaba muy tentador.

La mitad de los pasajeros eran estadounidenses. Esto lo había divertido mucho. Lo raro no era sentir un flujo anglófono; eso ya le había sucedido en Poitiers. No. Lo raro era ser consciente del hecho de que, tan pronto como llegase, el flujo cambiaría de lengua de forma permanente. Llegaba a un país donde todo el mundo hablaba inglés. Había pensado en la televisión, en la radio, en los periódicos, en los carteles de las calles e incluso en los menús de los restaurantes. Había pensado en todo. Salvo en el «*flow*». Se había divertido tanto que le entraron ganas de compartirlo con su vecino de asiento. Claro está que se abstuvo de hacerlo.

A medida que progresaba, observaba que todos los flujos a los que se conectaba tenían algo en común. Una sensación de inquietud. Aprensión. Miedo. Eran sensaciones más o menos intensas en función de la persona. Pero siempre estaban ahí. E incluso él había empezado a sentirlas. Peligro. Caída. Probabilidad de accidente.

Había interrumpido la conexión y al cabo de unos minutos se encontró mejor. Miró a su alrededor. La mayoría de las personas tenían los ojos cerrados. Los demás veían una película en la pequeña pantalla incrustada en el asiento de delante. Entonces se acomodó en su butaca y empezó a pensar en lo que iba a buscar en aquel lado del Atlántico.

Lo vivido tras descubrir la existencia del flujo lo había llevado a reflexionar más seriamente sobre la relación que mantenía con su pasado, con la muerte de su madre. Quería ver los decorados de su otra vida y se sentía preparado para enfrentarse a ello. Había llegado el momento.

Deseaba ver Boston; la casa de sus abuelos, en la que había pasado vacaciones con sus padres y con su hermana; aquella casa en la que su madre había crecido y donde él había pasado las últimas semanas de su vida norteamericana.

También estaba decidido a ir a la playa donde se habían esparcido las cenizas de su madre a merced del viento. Ya era hora de ver todo aquello.

*

Unas cincuenta personas esperaban a los pasajeros del vuelo París-Boston. Josh no tardó en descubrir a su abuelo. Lucía una sonrisa que se extendía de tal manera por su cara que podría colgar en ella su sombrero. Se abrazaron y se dirigieron a la sala de recogida de equipajes. Adam estaba eufórico. Desde que Cosimo decidió regresar a Francia, tras la muerte de Jenny, él y Cathelyn habían viajado con regularidad, primero a París y luego a Poitiers y, gracias a internet y a las videoconferencias, habían visto crecer a Josh y a Julia a pesar de la distancia. A Adam le emocionaba de manera especial que su nieto regresara.

Mientras esperaban junto a la cinta transportadora, Adam estrechó a Josh entre sus brazos conteniendo las lágrimas.

—*I'm so glad you're here, son.*

—*I'm glad too, grandpa.*

*

Durante el trayecto en coche, Josh no paró de hacer comentarios sobre los edificios ante los que pasaban. Parecía conocer la historia del Leather District mejor que su abuelo.

Cathelyn los recibió en el porche y los condujo directamente al comedor. No podía estarse quieta. Invitó a Josh a sentarse y le preguntó si quería beber o comer algo. Lo había dispuesto todo. En su casa, estaría bien... Josh se acercó despacio a su abuela y la abrazó. Al sentir el abrazo de su nieto, se calló y se echó a llorar.

*

Después de comer, Adam se instaló en su butaca, para descansar un poco de los zapatos, como él decía, mientras Cathelyn le enseñaba la casa a Josh.

La visita se prolongó más de una hora, pero Josh escuchó a su abuela con atención a lo largo de todo el recorrido.

Estaba fascinado, y a Cathelyn le agradaba compartir sus recuerdos. Le explicó la historia de la trompeta colgada en la pared del comedor, del pequeño barco de madera colocado sobre chimenea del salón y de la pequeña caja de música adornada con un elefante azul y un tigre majestuoso situada en una estantería en la habitación de arriba.

Josh pasaba las manos por todas partes, necesitaba tocar aquellos objetos que le contaban la vida de su madre. Por su mente pasaron muchas imágenes. Fotos que sus abuelos le habían dado, momentos grabados en su memoria o recuerdos que había tomado prestados de Cosimo.

Todo se mezclaba. Momentos maravillosos y otros menos alegres. La visita concluyó en la habitación que Josh ocuparía durante su estancia.

Adam y Cathelyn lo habían dispuesto todo para que se sintiera cómodo; habían colocado el escritorio de manera que pudiera acceder fácilmente a internet. Disponía de su propio cuarto de baño. ¿Qué más podía pedir?

—*Are you OK, Josh?*

—*Yes, granny. Thank you.*

Josh estrechó de nuevo a su abuela entre sus brazos y, tras este abrazo cargado de ternura, ella dejó que descansara un rato. Lo necesitaba.

Esa misma noche, Josh, Adam y Cathelyn llamaron a Poitiers a través de la *webcam* del ordenador del salón.

—*What an amazing invention!* —solía decir Adam cuando un rostro familiar aparecía en la pantalla.

El champán se descorchó simultáneamente a ambos lados del océano Atlántico, a pesar de las seis horas de diferencia horaria: Julia acababa de saber que había aprobado y pasaba al segundo año de Medicina. Decididamente, el comienzo del verano venía cargado de promesas.

*

A la mañana siguiente, Josh tuvo que hacer esfuerzos para salir de la cama. Sentía los efectos demoledores del *jet lag*... Cuando bajó a la cocina, Cathelyn hacía crucigramas mientras escuchaba la radio. Le esperaban un chocolate caliente y una cesta de bollos. Cathelyn se dio cuenta de que su nieto parecía sorprendido.

—*That's right, Josh!* Cruasanes y bollos de chocolate. *There's a French bakery two blocks away.*

—*That's awesome! Thanks, granny. I love croissants.*

Adam se unió a ellos y los tres comentaron los planes del día. Hora y media después estaban en la playa donde Jenny, Josh y Julia habían tomado su primer baño en el mar.

*

No había demasiada gente aquel día en la playa de Boston. Una leve brisa procedente del norte recordaba que Canadá no estaba lejos.

Al salir del coche, Josh caminó por la arena con sus abuelos y después, solo, se dirigió a la orilla. Se quitó los zapatos y dejó que la espuma mojase sus pies. Adam y Cathelyn, abrazados y algo apartados, contemplaban el horizonte.

Como la víspera, durante la visita a la casa, unas imágenes muy nítidas afloraron en la mente de Josh. *Flashes*, instantes de vida que permanecían suspendidos en el aire.

Primero se vio con Julia, al borde del agua. Eran muy pequeños, jugaban a salpicarse, a perseguirse y a tirarse. Corrían en todas direcciones, despreocupados, ligeros como los pájaros. Vio después a su madre ayudándolo a construir un castillo de arena; a sus padres besándose. Se vio en brazos de su abuelo, desafiando las olas.

En un determinado momento, sintió la mano de su abuela deslizándose en la suya.

—Me acuerdo —le confió con voz temblorosa— de haber jugado aquí... con Julia y mis padres... y también contigo y el abuelo... Recuerdo...

—Siempre veníamos aquí cuando erais pequeños —confirmó Cathelyn apretando un poco más fuerte la mano de Josh—. Os encantaba. Os divertíais mucho.

Josh se reencontraba con su infancia. La sentía a su alrededor.

Se veía al lado de sus padres y de su hermana, en aquella playa donde nada parecía importante ni complicado. Sentía el calor del verano sobre su piel y el olor de la crema solar que su madre le aplicaba a conciencia.

Josh abrazó a su abuela y después caminó un poco. El chapoteo de las olas mecía sus pensamientos, impregnados de una dulce melancolía. Estaba bien. Sentía que estaba en casa, que aquel era su sitio.

Cuando finalmente se reunió con sus abuelos, le propusieron comer en el pequeño restaurante con vistas a la playa.

Durante toda la comida, Adam los colmó de anécdotas con las que se rieron mucho. Josh pensaba mucho en su hermana y en su padre. Un día tendrían que venir los tres juntos.

*

Ya de regreso en casa, a media tarde, Josh subió a descansar un rato. Necesitaba una pequeña siesta, les había dicho a sus abuelos. Cuando se despertó y consultó la hora indicada por la pantalla del ordenador, cayó en la cuenta de que había dormido más de tres horas. Entretanto, había recibido tres correos electrónicos.

El primero era de Chaïma. Quería saber cómo estaba. Ignoraba muchas cosas, pero de alguna manera comprendía lo que sentía. Había entendido hasta qué punto aquel viaje era importante para él. Lo echaba de menos.

El segundo correo era de su hermana. Era muy largo. Julia le contaba cómo había vivido su estancia en Boston. Era emocionante.

El tercer y último mensaje era de Axel. Quería asegurarse de que el plan estaba en marcha. Josh le confirmó que al día siguiente por la mañana empezaría la fase de localización de los cibercafés.

Faltaba una hora para la cena. Tras unos minutos de reflexión, Josh se cambió de ropa y se calzó sus zapatillas deportivas. Cogió su lector MP3 y bajó las escaleras, dispuesto a explorar el parque Boston Common, justo enfrente de la casa.

35

Cuando se despertó a la mañana siguiente, Josh se sentía descansado y listo para enfrentarse a Boston.

Al sentarse a la mesa de la cocina, ante su abuela y sus crucigramas, recordó que desde el largo vuelo entre París y Boston no se había conectado al flujo. De eso hacía casi dos días.

—*How was your night, sweetie?* —le preguntó su abuela.

—*Best night ever!* —respondió, con fuerzas visiblemente renovadas.

Tras un abundante desayuno, Josh le envió un mensaje a Axel y salió de casa equipado con un mapa del centro de la ciudad.

Había llegado el momento de pasar a la fase 1 del plan que habían diseñado.

Los tres cibercafés que debía localizar estaban en el centro: el Cyber Coffee Shop se encontraba en el barrio de Back Bay, y los otros dos, el Internet Spot y el Web Corner, estaban situados en el barrio del Government Center. Josh decidió dirigirse primero a Back Bay. Le echó un vistazo al plano de metro que le había dado Adam. El Cyber Coffee Shop estaba más o menos en medio de Beacon Street. No debería tener problemas para encontrarlo.

El Cyber Coffee Shop era bastante pequeño. Entrando a la derecha había un mostrador; los escasos ordenadores se encontraban al fondo de la sala; había mesas de bar dispuestas en el centro del local y detrás del escaparate. Josh acudió al mostrador.

Tenía que contactar con Axel desde cada uno de los tres cibercafés, ya que quería comprobar si su miniguía telefónica era capaz de identificar con rapidez las direcciones IP de los ordenadores de los cibercafés frecuentados por el internauta misterioso.

—*Hi! I'd like to use one of the computers, please.*

—*Hi there! Go on then. You'll pay when you're done!*

—*All right! Thanks.*

El corazón de Josh empezó a latir acelerado. En cualquier momento, sin saberlo, podía toparse con el internauta misterioso.

Se sentó y se conectó rápidamente a su mensajería. Envió una petición de conversación instantánea a Axel, quien respondió enseguida.

=¿Qué tal por Estados Unidos?

=¡Es alucinante! ¡Genial!

=¡Qué suerte tienes! A mí me toca Poitiers y además hace un calor de muerte.

=Cuando vuelva, hablaremos de tu idea, y si encuentras una mesa de póquer, acepto la apuesta y vamos juntos. ¿Qué te parece?

=¡Cuidado con lo que escribes! No soy de los que bromean con eso. Ya está, se acabó.

=¿Qué?

=He identificado la dirección IP.

=¿Ya?

=¡Exacto! ¡Mi programa funciona de maravilla! Ha tardado exactamente cincuenta y tres segundos. Estoy muy contento.

=¡Eres el mejor! Puedo estar en el Government Center enseguida. ¿Te parece entre las siete y las ocho, por la hora de Poitiers?

=Para mí sería más fácil entre las diez y las once. Ya habremos cenado y mi padre estará acostado. Estaré más tranquilo. ¿De acuerdo?

=No hay problema. ¿Qué tal por tu casa?

Durante el mes de junio, la comunicación entre Axel y su padre se había vuelto más difícil.

=¡Tranquilo, no te preocupes! ¡Concéntrate en la misión!

=*Right! The mission!* Me voy.

*

El Internet Spot no tenía nada que ver con el Cyber Coffee Shop. La sala era inmensa y no había opción de beber o de comer nada. Los ordenadores estaban colocados unos al lado de otros sobre mesas que parecían no tener extremos. Josh se dirigió a la taquilla; le entregaron un tique de caja en el que figuraba un código de barras, un número de fila y un número de puesto: *row 7 / computer # 23.*

No quería eternizarse. La sala estaba iluminada por neones y ya añoraba el sol. Todas las personas conectadas a su alrededor llevaban cascos en las orejas.

Axel ya estaba allí. Esta vez el programa tardó un poco más en identificar la dirección. El servidor del Internet Spot era mucho más grande que el del Cyber Coffee Shop; había más ordenadores y, por tanto, más direcciones. La operación tardó dos minutos. Axel le confirmó a Josh que todo iba bien; el programa había funcionado.

Un cuarto de hora más tarde, Josh estaba sentado delante de un ordenador en el Web Corner. Era muy parecido al Internet Spot: el mismo tamaño, el mismo ambiente de neón, los mismos juegos en red. El tema se solucionó en un minuto y treinta y siete segundos.

=Perfecto, todo bien.

Josh tardó unos segundos en reaccionar.

=Empiezo a preguntarme si estamos haciendo lo correcto.

Axel se sorprendió.

=¿Qué dices? No tenías elección. Acuérdate de cómo estabas antes de marcharte. Hace meses que esperas esto. ¿Lo has olvidado?

No, no lo había olvidado. Pero empezaba a tener miedo.

=Es normal que flipes. No sabes qué te vas a encontrar ni cómo va a pasar. Pero necesitas respuestas.

=Sí, tienes razón. Pero...

=Pronto habrá acabado. Y además, no es más flipante que estar en un cementerio en plena noche al lado del Caminante dormido y que este se despierte. ¿No?

Al otro lado del Atlántico, Josh no pudo evitar reírse a carcajadas.

=Me sorprendes.

=¿Empezamos la fase 2?

=Vale, pero me gustaría esperar unos días. Necesito orientarme mejor. Quiero estar seguro de estar preparado cuando llegue el momento.

=Sí, tiene sentido. Aprovecharé para empezar a explorar el mundo del póquer de Poitiers. ¡No tenías que haberme tentado!

=He dicho que ya veremos...

=Ya sé lo que has dicho. Tengo una captura de pantalla.

Josh no pudo evitar sonreír.

Tras pagar sus minutos de conexión, Josh salió del Web Corner y se dirigió al metro. Axel tenía razón; no podía regresar a Francia sin encontrar al internauta misterioso. Por lo menos tenía que intentarlo.

Como en la ida, en cuanto se sentó, cerró los ojos y dejó que el flujo lo trasladara lejos de todo.

… oh man, Boston sucks! I miss California so much…
I hope it gets better…

… I really need to find another job!
These people freak me out.
Especially this big dude with the creepy face…

36

Tras cinco días dando vueltas por los tres cibercafés, por fin Josh se sentía listo para pasar a la acción. Había llegado la hora de iniciar la fase 2.

Se conectó a su blog y colocó a su lado la hoja en la que había escrito el texto. Durante diez minutos dejó que sus dedos se pasearan por el teclado del ordenador. Si todo iba bien, el internauta misterioso leería este mensaje y contactaría con él de inmediato.

Miércoles 13 de julio

No entiendo lo que pasa. Ya no consigo conectarme al flujo, a pesar de que había alcanzado cierto nivel de control... Pero, después, nada.

Mis migrañas han vuelto. A veces estoy fatal. Me encierro en mi habitación y, siempre que es posible, salgo para intentar conectarme de nuevo. Pero no funciona.

Hago lo que puedo, pero mi padre empieza a preocuparse de verdad. Quiere llevarme al hospital. Trato de disuadirlo, intento fingir que todo va bien o que solo son pequeños dolores de cabeza, pero es muy difícil. Necesito ayuda, saber qué ocurre. Estoy todas las noches delante del ordenador a la hora de siempre. Necesito ayuda.

Josh lo releyó y lo publicó. Empezaba la parte más incierta del plan.

*

Desde que había publicado su llamada de socorro, Josh acudía siempre a las cinco de la tarde al Web Corner, por si acaso, pero los días pasaban y no había noticias del internauta misterioso. ¿Estaría de vacaciones también él? En cualquier caso, a Josh le costaba cada vez más disfrutar de las suyas. Solo esperaba una cosa y no paraba de darle vueltas. Se imaginaba de regreso en Poitiers, abriendo la puerta de su cuarto, con la maleta en la mano, sin saber más sobre la única persona que... No, era imposible.

Como cada mañana, tras el desayuno y antes de irse a correr por el parque, Josh se conectó para hablar en línea con Axel y hacer balance.

=¿Qué?

=La última conexión tuvo lugar hace cinco días. Justo antes de que publicaras tu petición de ayuda.

=¿Hoy no se ha conectado nadie?

=No.

=¡Mierda!

=Acabas de actualizar tu blog. Según lo que he podido observar, lo lee una vez por semana desde hace tiempo. Estaba en el Web Corner hace cinco días. Está ahí. Tenemos que calmarnos. Funcionará, no te estreses.

=Sí, tienes razón. Tengo que tranquilizarme. Es más fácil de decir que de hacer.

=Tal vez lo lea mañana o dentro de tres días, ya veremos. Yo tengo esperanzas. Todavía hay tiempo. Saldrá bien.

=Tienes razón.

En realidad, Josh necesitaba que lo tranquilizaran. Temía que el plan fracasara. Y también tenía miedo de que funcionara. No lo sabía. De cualquier forma, el hecho de haber entrado en todos aquellos lugares desde los que el internauta misterioso había contactado con él le había hecho tomar conciencia de hasta qué punto las cosas se volverían mucho más reales en cualquier momento. El internauta misterioso se materializaría en un ser de carne y hueso.

=¡Vamos, ánimo! ¿Vas a ir al Web Corner esta tarde?

=Claro. Hasta el último día si hace falta.

=Entonces, hasta luego.

=Hasta luego.

*

Josh estuvo particularmente ausente en la mesa aquella noche. Sus abuelos se preguntaban si todo iba bien. Su nieto pasaba demasiado tiempo delante del ordenador. Josh los tranquilizó como pudo y hablaron de los últimos días de su estancia.

Insistió en continuar visitando Boston, solo, a su aire. Por supuesto, lo que más deseaba era estar en el Web Corner todos los días al final de la tarde.

Sus abuelos se mostraron conciliadores. Sin embargo, le recordaron que les quedaba una visita importante que hacer antes de regresar a Francia: a la Universidad de Yale, al laboratorio en el que había trabajado su madre. Al fin y al cabo, él lo había pedido... Acordaron ir la víspera de su partida. Josh esperaba haber solucionado antes sus asuntos.

Al terminar la cena, Josh ayudó a su abuelo a recoger la mesa. Estaba a punto de subir a su habitación cuando él le tendió la chaqueta.

—*Let's go for a ride, son!*

Josh no rechistó. Se puso la chaqueta y, tras abrazar a su abuela, que se sentía muy cansada para salir, siguió a su abuelo hasta el coche.

—*Let's discover Boston by night!* —exclamó Adam al accionar el contacto.

*

A la mañana siguiente, cuando bajó las escaleras, Josh aún tenía la cabeza repleta de imágenes de la velada de la víspera. Su abuelo le había enseñado el barrio del puerto y habían pasado un momento mágico.

Cuando entró en la cocina, sus abuelos ya estaban desayunando. Josh los besó con cariño. Sabía que se preocupaban por él.

—*I've just had the greatest idea!* —confesó teatralmente.

—*What is it, son?* —le preguntó su abuelo, intrigado.

—*Tonight, I'm cooking!* —declaró triunfalmente.

Se sabía de memoria la receta del conejo al vino blanco. Había visto a su padre hacerlo cientos de veces. No obstante, necesitaba bastantes ingredientes exóticos, y seguro que no los había a la vuelta de la esquina: clavos de olor, vino blanco, tocino, lomos de conejo y cilantro. Además, no había demasiadas tiendas en Boston, y Cathelyn sabía exactamente adónde tenían que ir para encontrar todo lo que Josh necesitaría: al Faneuil Hall Marketplace.

*

A primera hora de la tarde, Josh encendió el gas bajo un hermoso conejo. Guiado por su abuela, había conseguido encontrar todos los ingredientes necesarios. Incluso los *«clus de giwaffe»*.

El conejo debía cocer a fuego lento durante una hora y solo tendría que recalentarlo antes de llevarlo a la mesa. Josh podría aprovechar el final de la tarde. Contaba con acudir al Web Corner, a pesar de que Axel no le había comunicado la buena noticia. Al menos, esto le permitiría relajarse un poco conectándose al flujo de los usuarios del transporte público.

37

Josh tenía cada vez más la impresión de ser el protagonista de *Atrapado en el tiempo,* la película en la que Bill Murray se despierta todas las mañanas para vivir una y otra vez el mismo día, el día de la marmota.

Así pues, una vez más, empezó la jornada encendiendo el ordenador. Se conectó a su mensajería.

Había recibido un mensaje de Axel.

Alguien se había conectado a su blog.

La conexión había tenido lugar durante la noche, desde el Web Corner, el único de los tres cibercafés que abría las veinticuatro horas.

El internauta misterioso.

Había leído su llamada de socorro.

*

Axel estaba sentado delante de sus pantallas, en su cuarto. Josh estaba en el puesto 34 del Web Corner. Eran casi las cinco en Boston, las once en Poitiers.

Tanto para Josh como para Axel, el día había sido interminable. No habían parado de dar vueltas a miles de kilómetros uno de otro. Axel había releído cien veces todas las fichas que habían preparado para hacer hablar al internauta misterioso el mayor tiempo posible.

Josh se sentía muy confiado. Hacía más de una semana que había publicado su mensaje y el internauta misterioso acababa de descubrirlo; tenía que estar preocupado. A lo mejor incluso se sentía un poco culpable por no haberse conectado antes...

=¿Todo bien, Axel?

=Sí. Todo listo. Tengo tu ordenador delante y estoy preparado para arrancar mi miniguía telefónica en el mío. Estoy esperando.

=Fantástico. Espero que no hayas curioseado demasiado en mi ordenador.

=No, tranquilo. No he tocado nada.

Axel acababa de presionar la tecla *Enter* en su teclado cuando apareció una ventana negra en el portátil de Josh.

=*Are you there?*

Axel sintió cómo se le secaba la boca. Comenzaba el partido que tanto había esperado.

=*I am* —respondió.

Axel cambió de teclado para arrancar su guía telefónica y avisar a Josh de que empezaba el juego.

=Está aquí. Acabo de contestarle.

Josh sintió acelerarse los latidos de su corazón.

=*How do you feel?* —continuó el internauta misterioso.

=*Not very well* —respondió lacónico Axel.

Respiró hondo.

=Mi guía está buscando. Le llevará un rato. Estoy muy nervioso.

=Es normal, Axel, cálmate.

No era el momento de perder la sangre fría. Axel recibió un tercer mensaje del internauta misterioso.

=*What happened?*

Axel trató de tranquilizarse, pero era extremadamente difícil. El ordenador cargado con su guía telefónica emitió un ligero «bip». Con un esfuerzo sobrehumano para impedir el temblor de sus manos, tecleó:

=Internet Spot. Puesto 74.

El plan había funcionado.

La suerte les sonreía. El internauta misterioso estaba a unos cuantos metros de Josh.

Axel se concentró y empezó a teclear la respuesta a su interlocutor.

Tenía que ganar tiempo, lo que no resultaría demasiado difícil dada la rapidez con la que sus temblorosos dedos se desplazaban por el teclado.

=*I don't know. The flow is gone. And it hurts.*

Josh depositó un billete de cinco dólares sobre el mostrador y salió sin esperar el cambio.

Cruzó la calle provocando numerosos bocinazos. Tenía la sensación de que caminaba por un hilo sobre el vacío y cada paso lo acercaba al centro del precipicio.

No era capaz de pensar con claridad. Tenía miedo. Se sentía débil.

Se detuvo en la entrada del Internet Spot para tomar aliento.

=*Are you sick?*

Josh se disponía a apoyar la mano en el picaporte cuando dos hombres lo empujaron antes de entrar sin disculparse. Josh, completamente sobrepasado por la situación, dejó que la puerta se cerrara sin lograr reaccionar. Se recobró tras unos segundos y volvió a agarrar el picaporte.

=*I'm not sick. I'm just really tired. And my head. It hurts so bad.*

El Internet Spot era inmenso, pero Josh sabía dónde se encontraba exactamente el puesto 74.

Se dirigió tambaleándose a la fila 4; sus piernas apenas lo sostenían.

Se detuvo al principio de la fila. Todos los ordenadores estaban ocupados y le costaba ver claramente el puesto 74. Empezó a avanzar, pero, tras unos cuantos metros, tuvo que pararse, abrumado por la potencia del flujo.

=*What do you feel exactly when you try to connect to the flow?*

El flujo era intenso. Agradable y familiar. Natural. Reconfortante. Era increíble. Con el rabillo del ojo, Josh vio que un rostro se volvía hacia él. ¿Estaba soñando?

Los dos hombres de traje negro que lo habían empujado un poco antes reaparecieron en aquel momento en su campo visual. Avanzaban lentamente hacia él recorriendo la sala con la mirada.

Josh se giró hacia el internauta misterioso. El encuentro no resultó del todo inesperado, pues ella ya estaba en su mente. La sorpresa y la emoción estaban a punto de desbordarla, pero se levantó con mucha calma y se dirigió hacia la salida. Había detectado a los dos hombres y sabía que iban a por ella. Le pidió a Josh que no se hiciera notar; no tenían que saberlo.

Josh estaba fuera de sí, fuera del tiempo y del espacio. Había salido de su cuerpo, sobrevolaba la escena, observaba a su madre dirigirse hacia la salida, a su madre, a la que creía muerta desde hacía años.

Los hombres se dirigieron hacia Jenny en cuanto ella se levantó. Llegaron a su altura justo en el momento en el que se disponía a salir. La cogieron cada uno de un brazo y la arrastraron al exterior.

Algunas personas levantaron la cabeza, pero enseguida volvieron a concentrarse en sus teclados y sus pantallas.

Jenny se alejaba, su flujo se desvanecía. Josh volvió en sí y corrió fuera. Ella estaba allí, en la acera, a escasos metros de él, inmovilizada por los dos hombres, que no la soltaban. Lo invadió una nueva onda.

«¡Josh! Lo siento muchísimo. No tenía elección. No me puedo creer que me hayas encontrado… Espero tener la oportunidad de explicártelo todo algún día. Mi pequeño, te quiero tanto. No tenía elección…».

El flujo se interrumpió. Bruscamente. Los dos hombres acababan de obligar a Jenny a entrar en un enorme coche negro que se alejó y desapareció en unos segundos.

De pie sobre la acera, sintiéndose más solo de lo que nunca había estado, Josh tomó conciencia de los detalles que lo rodeaban. El ruido de la circulación, los transeúntes que iban y venían a su alrededor. Luego todo se volvió gris y los ruidos se difuminaron.

Josh se desplomó, inconsciente, sumergido en un océano de oscuridad y de silencio.

38

Cuando Adam y Cathelyn entraron en la habitación, Josh estaba sentado en la cama, con la mirada perdida. Adam tuvo que llamarlo varias veces para que despertara de su letargo.

—*What happened, son? Are you OK?*

—*I'm fine. Don't worry! It's just... I'm just tired!*

Adam y Cathelyn estaban inquietos. Esperaron en silencio la visita del médico que debía autorizar que Josh dejara el hospital.

Josh había perdido el conocimiento en la acera una media hora antes. Un transeúnte había sacado su móvil para llamar al 911. Cinco minutos más tarde, una ambulancia lo había recogido. Josh recuperó el conocimiento durante el trayecto y llamó a sus abuelos.

Adam y Cathelyn se levantaron para recibir al médico, que se apresuró a tranquilizarlos.

—Josh se ha desmayado, pero no se preocupen demasiado. Parece que este joven está un poco estresado. Los análisis indican que su cuerpo necesita descanso. Tendrá que cuidarse un poco los próximos días y todo irá bien.

En el coche, Josh reiteró a sus abuelos que solo estaba agotado y que no hacía falta alarmarse.

—Por favor, no se lo contéis a papá. Se preocuparía por algo que no tiene importancia.

—De acuerdo, pero se lo contarás tú pasado mañana, en cuanto llegues a París.

Josh se lo prometió y cerró los ojos. Se sentía exhausto, pero, sobre todo, no tenía ganas de hablar.

*

Josh tecleó su nombre de usuario y su contraseña. Axel, inquieto, le había enviado miles de correos.

Permaneció un buen rato delante del ordenador, con los dedos sobre el teclado. Poco después se tumbó en la cama. No había escrito ni una sola línea. Las palabras no tenían sentido. Se levantó de pronto y tecleó dos frases: «Estoy bien. Ya te contaré».

*

Adam aparcó el coche y apagó el contacto. Acababan de llegar a Yale. Habían estado a punto de cancelar la visita, pero Josh, a pesar de estar muy confuso, había insistido para que la hicieran, tal como estaba previsto. No quería que sus abuelos se preocuparan más… Así que había reunido todas sus fuerzas e intentaba aparentar normalidad.

Hacía buen día. Los jardines que bordeaban los edificios eran magníficos. A Adam y a Cathelyn siempre les había gustado aquel lugar. Recordaban el día en el que ayudaron a su hija a mudarse a su habitación de estudiante. ¡Se sentían tan orgullosos de que ingresase en una universidad tan prestigiosa!

Adam entró el primero y se dirigió a la recepción. Intercambió unas palabras con la secretaria —se había preocupado de llamar antes de ir—. La señorita Stafford les indicó el pasillo que conducía a los laboratorios lanzando una mirada tierna sobre Josh. Había conocido bien a su madre. ¡Qué historia más triste!

Adam y Cathelyn, emocionados, avanzaron por el inmenso pasillo, seguidos tímidamente por la sombra de su nieto. Adam se detuvo tras recorrer unos metros y se volvió, imitado por su mujer, que no dejaba de preguntarse qué estaba sucediendo con Josh. Todavía se encontraba al principio del pasillo. Observaba la pared.

Adam desanduvo el camino y se acercó a él.

—*This is a nice picture* —reconoció al descubrir la foto enmarcada de su hija trabajando en su laboratorio.

Agarró a Josh del brazo y lo abrazó muy fuerte. Ni siquiera lo sospechaba, pero no era la foto de Jenny la que perturbaba a su nieto. Era la foto que se encontraba justo al lado, la de su colega, el profesor Leonard Cooper.

El hombre al que Josh había bautizado como «el Caminante».